Jacques Guidée

Mémoire de père

Récit autobiographique

À mes enfants,

petits-enfants et

arrière-petits-enfants

© 2024 Jacques Guidée
Édition : BoD • Books on Demand GmbH, In de Tarpen 42,
22848 Norderstedt (Allemagne)
Impression : Libri Plureos GmbH, Friedensallee 273,
22763 Hamburg (Allemagne)
ISBN : 978-2-3225-5410-2
Dépôt légal : Septembre 2024

Prologue

Surpris par un divorce inopiné, il a dû élever ses enfants en l'absence de leur mère ; devenus majeurs, ceux-ci lui paraissent l'écarter de leur vie. Il souhaite comprendre les motifs de cette histoire familiale.

Récit d'une histoire véridique (certains prénoms ont été modifiés)

Un divorce inéluctable

Escaudain, avril 1970

Escaudain est une cité minière, un bourg de près de 10.000 habitants : créé pour l'exploitation, dans cette région de France, des nombreux et précieux minerais qui ont permis le développement industriel du pays. C'est une commune urbaine faisant partie de l'unité urbaine de Valenciennes.

Nous sommes un samedi après-midi d'avril ; la cité est calme, quelques voisins vaquent à des occupations domestiques.

Ma demeure est une villa datant d'une trentaine d'années, de belle facture, entourée d'un jardin, discrètement fleuri devant la maison mais laissé en friche derrière. Le logement parait vaste, il comporte un garage et des dépendances.

Je suis médecin depuis cinq ans, mais n'exerce ici que depuis six mois. J'ai été nommé à ce poste à la fin du mois d'octobre, embauché et salarié par la Société de secours minière dénommée « A1 » de Valenciennes (Les SSM sont des organismes de prévoyance sociale à régime spécial de la Sécurité Sociale, elles assurent soins, prévention et aides sociales à la population tributaire de chaque société minière : travailleurs en poste, conjoints, enfants et ascendants, retraités). La demeure où j'habite est la propriété de la SSM, qui me l'attribue pendant le temps où j'exécute ma fonction.

Originaire de la Somme, frontalière du nord de la France, je recherchai un poste salarié, après une expérience professionnelle en Afrique, écourtée par des bouleversements politiques et familiaux qui m'ont contraint à revenir dans mon pays d'origine. J'aime cette région de France, d'une part du fait de son histoire et de la personnalité de ses habitants, d'autre part de son essence, alliant rudesse et fraternité ; j'y suis embauché pour assurer la santé de la population minière de mon secteur.

Escaudain est un haut lieu du pays de Mines (appellation usitée pour identifier cette région française) : en témoignent les terrils qui l'entourent, et la Fosse St Mark, dont le vestige rappelle la vocation de la ville. Le centre-ville comporte les attributs de toute agglomération, la périphérie est occupée par des assemblages de corons, où habitent les mineurs et leurs familles. Notre pavillon, d'allure plus cossue, était environné de deux groupes de corons, où logeait la population dont j'avais pris la charge.

Celle-ci était composée d'ouvriers, dont certains marocains, qui en réalité travaillaient en surface, de leur famille, mais aussi de nombreux retraités de la mine. L'activité médicale que j'entreprenais était en fait en déclin ; d'ailleurs, un confrère a pris sa retraite alors que j'étais en poste et ne fut pas remplacé. Notre corporation avait deux jours de repos hebdomadaires, mais nous étions de garde un week-end sur trois, et assurions alors les soins sur trois secteurs, avec des déplacements pouvant atteindre vingt kilomètres.

Ce jour-là, j'étais en repos, et n'avais donc pas à répondre aux appels éventuels de ma patientèle. J'étais entouré de mes quatre enfants, qui jouaient ou s'occupaient dans la maison. Mon épouse était absente, elle était en formation à Lille : elle m'avait averti qu'assurant une permanence de soins pendant le w-e, elle ne rentrerait pas à Escaudain. En effet, nous avions convenu, depuis l'échec de notre tentative de vie à l'étranger, que chacun de nous deux devait perfectionner sa compétence.

Je suis surpris par un appel téléphonique : n'étant pas de garde, je laisse sonner longuement, puis me décide à décrocher le combiné :

Allo, bonjour, c'est Françoise.

Oui, qu'y a-t-il ? Pourquoi m'appelles-tu ?

Manu et moi, nous comptons venir vous voir demain ; nous pourrions arriver vers 11h30.

Écoute, je pense qu'il vaut mieux remettre, je suis seul avec les enfants, Louise n'est pas là, elle est de garde à Lille.

Nous préférons venir, nous avons d'ailleurs un message pour toi.

Nous nous quittons après cet échange. Sa venue le lendemain m'interroge, mais, connaissant la détermination de ma sœur, je m'y résous.

La journée s'écoule. Les quatre enfants jouent, dans le séjour ou au jardin : deux filles d'âge proche de l'âge de raison, un garçon d'un an plus jeune et une fillette de tout juste quatre ans. La plus âgée n'est pas l'enfant naturel du couple, mais elle revendique son rôle de leader.

Le soir survient, il est temps de dîner et de les amener à dormir.

J'occupe ma soirée par la lecture d'un ouvrage, édité chez Maspéro, traitant des luttes africaines pour l'indépendance et le développement des pays du continent.

Le message

Le lendemain, c'est dimanche : les enfants se lèvent tard, je m'occupe de leur toilette puis de leur petit-déjeuner. La matinée s'écoule. Vers 11h30, ainsi que prévu, ma sœur arrive, avec son compagnon, dans sa petite voiture 2 CV ; après les congratulations d'usage entre frère et sœur, Françoise me tend une enveloppe, non fermée ni affranchie :

Tiens, c'est pour toi.

Ah, mais pourquoi me l'amènes-tu ?

Louise est venue nous voir hier à Malakoff, elle nous a demandé de t'apporter ce pli.

Ah ! Mais pourquoi ?

Lis, et tu comprendras.

Je m'écarte du groupe, et m'installe sur un siège : timidement, j'ouvre l'enveloppe et débute la lecture du message, rédigé par mon épouse, par lequel elle me déclare qu'il est nécessaire que nous divorcions rapidement.

Je suis stupéfait : certes, notre couple bat de l'aile, notre conjugalité est en panne, mais j'œuvrai pour le reconstruire. Il me semblait que notre installation dans notre nouveau cadre était valable, et que chacun de nous deux y trouvait son compte. Avant son départ en week-end prétendument studieux, il n'y avait eu entre nous aucune dispute ni aucun ressentiment. La missive déclarait : « *A la suite de cette année j'avais pensé que les enfants seraient mieux avec toi* », et qu' « *il serait bon de commencer le plus tôt possible la procédure de divorce* ».

Je m'avance vers ma sœur, demeurée muette, et lui demande de s'occuper des enfants ; je m'éloigne en voiture, roule quelques kilomètres, puis stationne en un lieu ombragé : je relis la lettre attentivement, et me convainc de sa véracité.

Je retourne ensuite à la villa : ma sœur et moi n'échangeons aucune parole ; je vais à la cuisine, prépare un repas pour notre groupe, puis nous déjeunons en silence, sinon quelques banalités échangées entre nos invités et les enfants. L'après-midi se déroule dans une ambiance morose, il fait beau et nous nous divertissons dans le jardin. Nos invités regagnent ensuite Malakoff, je prends soin des enfants, puis entreprends une réflexion, dans le calme de mon bureau, sur ce qu'il convient de faire.

La réflexion du père

En premier lieu : comment répondre à cette missive totalement inattendue ? Certes, ma femme la terminait par une proposition de l'appeler par téléphone au Foyer d'infirmières où elle logeait, si je le désirai. J'y renonçai d'emblée : j'avais déjà essayé de l'y joindre, pour des raisons pratiques, il m'avait été répondu que personne n'y était connu sous le nom déclaré. D'autre part, la lettre était explicite, la contester était inutile.

Elle me déclarait que « *les enfants seraient mieux avec (moi)* » : je n'en doutai pas, et me considérai capable d'assurer leur quotidien, ainsi que leur avenir, si mon espoir de refonte familiale était abandonné ; mon existence quotidienne était d'ailleurs rythmée par leurs allées et venues, ainsi que la satisfaction de leurs besoins. Et je m'estimai en mesure d'assurer la continuité de l'existence que nous menions ensemble, eux et moi.

Mais qu'allait être ma vie personnelle ? Depuis notre installation à Escaudain, et la mise en œuvre du nouvel aménagement de notre vie, je demeurai dans l'expectative d'une vie heureuse, avec tous ses attributs : sécurité, tendresse, sensualité, sexualité réussie. Serais-je capable, seul avec quatre enfants, d'atteindre ce but ?

Un autre sujet de préoccupation était mon avenir professionnel. Certes, je trouvai un réel intérêt à l'activité qui m'était confiée : la population, en majorité ouvrière, que j'étais amené à prendre en charge, m'était extrêmement sympathique. Mais l'avenir de mon poste était hasardeux, étant donné le déclin de la population minière ; et surtout, j'avais expérimenté, au cours de mon expérience en Afrique, une autre manière d'exercer la médecine, et j'envisageai, dans un avenir proche, de me spécialiser en Santé publique.

En conclusion de ma réflexion, je décidai de poursuivre seul la vie que je menai, mais aussi d'explorer la faisabilité de mon projet de reconversion.

Un parcours animé

L'année algérienne

La rencontre du couple

Nous nous sommes rencontrés à Alger, en septembre 1962, alors que l'Algérie fêtait son accession à l'indépendance. Chacun de nous deux y recherchait un emploi, souhaitant participer à l'essor de la nouvelle Algérie : cependant, nos motivations étaient diverses.

Au cours de mes études de médecine, j'avais milité activement en France pour l'indépendance de ce pays ; celle-ci étant acquise, j'avais envisagé y effectuer mon stage de 6ème année (dit stage interné). La femme que je rencontrai ici, qui devint ma compagne, avait un lien affectif fort avec cette nation naissante, noué en France précédemment.

Accueillis dans les locaux de l'administration sanitaire, nous fûmes reçus en privé par le Dr Moulay, récemment nommé Médecin inspecteur de la Santé dans la willaya de Saïda : il venait recruter le personnel dont il avait besoin pour que fonctionne son secteur. Il nous interpella par nos noms, et nous déclara :

Bonjour, je recherche des professionnels capables de gérer les besoins sanitaires de la population du secteur de

Géryville, maintenant nommée El-Bayadh : c'est une commune du sud-oranais, située à 360 kilomètres d'Oran ; le chef-lieu de willaya est Saïda, située à environ 200 kilomètres. C'est une commune agricole, où prédomine l'élevage des ovins ; la population du secteur dépasse les 20.000 habitants. Nous y avons un hôpital, avec deux sections, l'une de médecine générale et l'autre de malades tuberculeux. Le médecin qui avait la responsabilité de cet hôpital vient de s'exiler en France, et nous avons un besoin urgent d'assurer son remplacement.

Nous sommes tous les deux stupéfaits par cette proposition, et y réagissons :

Certes, je suis venu vous proposer ma compétence, mais ai-je la capacité nécessaire pour accomplir ce que vous demandez ? répliquai-je. J'ajoutai *: je suis en mesure d'effectuer des actes médicaux, mais je n'ai pas soutenu ma thèse, et ne puis exercer qu'encadré par des professionnels.*

Je suis infirmière, avec une expérience en établissement hospitalier ; je sais gérer un service, mais suis-je capable d'administrer une unité de soins ? déclara ma collègue.

Le Médecin inspecteur poursuivit : me désignant, il déclara souhaiter me confier la responsabilité thérapeutique des malades hospitalisés, dont le nombre et les pathologies connaissent un renouvèlement permanent ; s'adressant à ma collègue, il veut la charger de garantir la continuité des soins des malades admis dans l'unité de prise en charge des malades tuberculeux.

Il conclut, de manière expéditive : « *la République algérienne vous remercie de nous apporter votre soutien, voici donc notre besoin en cadres de santé. Maintenant, retournez à votre hébergement, nous partons demain matin à Géryville pour procéder à votre installation.* ». Le lendemain, nous nous retrouvons au petit matin, et partons en voiture avec le Dr Moulay vers notre destination.

Un voyage de plus de 500 kilomètres, au cours duquel j'occupai la banquette arrière. Le Dr Moulay restait silencieux : il s'adressait parfois à ma collègue, mais seulement pour des motifs pratiques. Arrivés sur place, il nous présenta aux autorités locales (sous-préfet et maire), qui nous indiquèrent un hébergement et les modalités de notre séjour parmi eux.

Chacun se renseigna pour se restaurer et acquérir les objets qui lui manquaient, puis regagna la résidence qui lui était allouée (un local désaffecté suite au départ de ses occupants). La nuit tombait, et nous étions fatigués après cette journée pleine d'innovation. Le lendemain ce serait la découverte de ce que l'Algérie attendait de nous.

L'hôpital de Géryville était un bâtiment vétuste, effectivement divisé en deux parties : l'une destinée aux soins généralistes, comprenant des dortoirs pour les malades, un bureau de consultation, un laboratoire et un local chirurgical ; l'autre, pour les soins spécialisés des malades atteints de tuberculose, avec dortoirs, salle de soins et appareil de radiologie. Le personnel infirmier était divers : employés instruits, mais aussi personnel formé « sur le tas » pour accomplir les besoins immédiats. Au cours de cette seconde journée, le Dr Moulay nous établit dans nos postes, puis regagna son lieu d'exercice.

La vie en Algérie

Nous voici installés dans notre nouvelle fonction. Auprès de nous, d'autres Français exerçaient des emplois temporaires, dans des fonctions administratives et paramédicales : des Volontaires, venus apporter leur compétence à l'État algérien qui s'élaborait. Nous nous retrouvions parfois ensemble, dans des réunions ou pour des repas.

Pendant plusieurs semaines, ma collègue et moi ne nous retrouvâmes que lors de réunions d'équipe ; chacun avait sa fonction, s'attachait à réussir ce qui lui avait été ordonné : notre activité absorbait notre énergie, nous craignions de commettre des erreurs, les moments de repos étaient consacrés à récupérer nos forces.

Puis, notamment après le départ des Volontaires, nous parvînmes à échanger : d'abord sur nos pratiques médicales, puis sur notre vie avant l'expérience algérienne. Je découvris alors l'identité de ma collègue : elle était née en France, dans le Nord ; ses parents étaient d'origine populaire, son père était décédé, sa mère habitait maintenant Narbonne, où elle exerçait le métier de commerçante ambulante. En retour, je l'informai sur mes origines et ma famille.

Notre relation était devenue amicale. Ma fonction m'ayant attribué un véhicule, dont je me servais peu, Louise me demanda de lui apprendre la conduite automobile. J'hésitai, puis accédai à son attente : après le travail, je lui confiai la 2 CV, et nous entreprenions de courtes randonnées d'apprentissage. Un soir, la voiture dérapa, et se retourna, elle fut blessée ; je lui conseillai de ne pas rester seule, et l'accueillis chez moi.

Le lendemain, je fis procéder à une radiographie de son pied : elle n'avait pas de fracture, mais sa cheville était enflée et douloureuse ; je lui proposai de passer, de nouveau, la soirée et la nuit auprès de moi. Conseil que je renouvelai le lendemain : nous fîmes alors réellement connaissance, et entamâmes une relation amoureuse. Implicitement, nous nous installâmes ensemble ; dès lors, le personnel de l'hôpital constata notre résolution.

Celle-ci pouvait avoir des conséquences, que nous envisageâmes ; je demandai :

Mais que ferons-nous si tu es enceinte ?

Nous pourrions nous marier, me répondit-elle.

Mais nous sommes dans une situation précaire ; et comment notre famille accueillera-t-elle cette décision ? répliquai-je.

Nous décidâmes de nous accorder une réflexion sur ce sujet. Quelques jours plus tard, il nous apparut que sa proposition était la bonne solution.

Fin décembre, notre affectation à Géryville posa problème : des médecins bulgares, venus en Algérie en vertu d'accords de coopération entre leur pays et l'Algérie, furent nommés par le ministère de la Santé pour gérer la santé publique dans l'arrondissement. Le Dr Moulay revint nous voir : constatant que nous vivions maintenant en couple, il nous proposa un transfert à Méchéria, ville située dans la même willaya, dont l'hôpital manquait également de médecin ; nous y serions nommés ensemble, et bénéficierions d'une installation commune.

Méchéria est une importante agglomération urbaine de la steppe oranaise : située à 101 km d'Aïn-Sefra, 260 km de Tlemcen, 229 km d'Oran, et à 154 km de Saïda, elle est dominée par le Djebel Antar qui culmine à 1721 m. Au croisement de trois routes nationales, c'est un carrefour qui relie le Sud algérien à l'Oranie. Elle est également desservie par le train, la gare de Méchéria est située sur la ligne d'Oued Tlelat à Béchar reliant Oran à Béchar.

L'hôpital y était encore plus vétuste que celui de Géryville ; un bâtiment neuf était en cours de construction, et les locaux que nous occuperions étaient provisoires : des bureaux pour l'administration, un local de consultation, une salle d'accouchement, des dortoirs. Je m'étonnai de l'absence de salle de chirurgie, on m'indiqua qu'une antenne chirurgicale de l'armée française fonctionnait toujours, à quelques kilomètres de la localité et proximité de la frontière marocaine. Nous pourrions y adresser les patients pour lesquels un acte chirurgical serait nécessaire.

Le logement qui nous fut attribué était une magnifique villa, au milieu d'un parc ombragé. Ce local avait été abandonné par ses occupants, des meubles et des ustensiles y étaient restés, et une installation était possible sans délai. Ce que nous fîmes sur-le-champ, avant de rejoindre le lendemain l'équipe infirmière avec laquelle nous allions travailler.

Le lendemain fut celui de notre installation. À notre surprise, l'ancien directeur du centre de santé de Géryville était maintenant nommé à Méchéria : la prise de service en fut facilitée, et nous y fûmes intégrés dès la soirée. Désormais, Louise et moi travaillions de concert : soins médicaux, et beaucoup d'interventions auprès de futures mères, essentiellement des mises au monde, que nous pratiquions et enseignions à des soignants volontaires.

Notre autorité professionnelle était mieux reconnue ici. Mon expérience dans la pratique des mises au monde m'avait décerné une réputation, qui se répandait dans la ville et les campements alentour ; j'étais parfois amené à officier sous une tente de Bédouins, pour un accouchement ou une petite intervention.

Cependant, il s'avéra que nos ébats amoureux n'étaient pas sans conséquence : Louise attendait un bébé, et nous devions entreprendre ce que nous avions décidé : démarches en vue d'une union, contractuelle mais non rituelle, car nous ne nous considérions pas croyants ; information de nos familles ; esquisse de ce que pourrait être notre avenir.

Ce programme étant mis en œuvre, nous reçûmes, chacun individuellement, les félicitations et les appréciations de nos entourages. Mes parents étaient surpris de notre décision, inattendue car je les informai peu de mon existence depuis mon départ de France ; ma mère m'annonça son arrivée prochaine dans le Sud algérien, j'allai la chercher à Oran et elle passa quelques jours parmi nous, au cours desquels elle fit connaissance avec ma fiancée.

Cette péripétie nous rappelait cependant que notre avenir n'était pas assuré, et que, créant ensemble une famille, le futur devait être désormais notre souci principal.

Le mariage

La date du mariage fut décidée ensemble : un jour de juillet 1963, à la Mairie de Méchéria, après-midi à 15 heures. Deux collègues infirmiers seraient nos témoins ; j'avais déniché (on trouve tout en cherchant) deux alliances et un litre de Martini ; le gargotier nous préparerait un poulet rôti pour constituer le repas de noces. À l'heure dite, le Maire nous déclara mariés ; en fin d'après-midi, nous reçûmes nos camarades de travail à la villa, mais la réception fut interrompue par un appel de l'hôpital : une femme venait d'être admise pour un accouchement : celui-ci se révéla gémellaire, et nous fûmes mobilisés jusque tard dans la soirée.

À notre retour chez nous, le poulet avait été dévoré, et le Martini consommé : la soirée fut consacrée à ramener à domicile nos invités, dont certains titubaient.

Quelques jours plus tard, un infirmier me demanda de visiter une femme enceinte chez elle : je répondis d'abord que je ne faisais pas de visite à domicile, et qu'il fallait qu'elle se déplace jusqu'à moi. Or elle ne pouvait pas se déplacer, souffrant d'une paraplégie congénitale. Dérogeant à mes principes, je me rendis chez elle : une belle femme d'une trentaine d'années, infirme puisque n'ayant aucune mobilité des membres inférieurs, parfaitement francophone. Prise en charge par les services d'aide sociale, elle logeait dans une villa analogue à la nôtre. Mère célibataire d'une fillette âgée de trois ans, elle me suppliait de la transférer à Oran pour accoucher, n'étant pas en mesure d'élever l'enfant qu'elle portait. Nous eûmes ensemble une longue conversation, et je lui proposai son admission à l'hôpital, afin de prendre une décision appropriée.

Accueillie à l'hôpital avec sa fille (ce qui est une pratique courante dans les pays africains), nous prîmes le temps d'examiner avec elle ce qu'il convenait de faire : ma femme et moi refusions son transfert à Oran, l'abandon de l'enfant à naître nous semblait une injustice absolue. Mais la détermination de la maman restait inébranlable. La date de la parturition survint : naquit une belle petite fille, déjà très chevelue, que la maman refusait toujours de reconnaitre : ce que nous fîmes, prenant la responsabilité de la prénommer Sarah : dès sa toilette effectuée, nous l'avons enveloppée d'un linge et installée dans mon bureau.

Le soir de sa naissance, l'enfant était demeuré là, emmitouflé dans une couverture, posé dans un couffin. Il fallait prendre une décision : nous trouvâmes, dans la pharmacie de l'hôpital, biberons et lait maternisé, et l'emmenâmes, dans la soirée, à notre domicile. Arrivés là, nous avons aménagé une couchette pour elle, puis l'avons alimenté : première expérience de parents, quelques jours après notre mariage !

Le retour en France

Cependant, des camarades étudiants à Lille me déclaraient que le Doyen de la Faculté de médecine s'interrogeait sur la réalité de l'encadrement de mon stage de 6e année. D'autre part, convoqué à un examen de fin d'études (examen dit « clinique », évaluant la capacité à résoudre un problème de santé immédiat), je n'avais pu m'y rendre, et m'étais fait excuser : j'écrivis un courrier circonstancié au Doyen, qui m'enjoignit de venir terminer mes études dans l'académie de Lille.

Ma femme et moi savions que notre statut professionnel, surtout le mien, était fragile : Louise attendait un bébé, il nous fallait renforcer notre situation, de manière pérenne. Nous décidâmes ensemble de demander que soit mis fin à mon contrat (celui de Louise n'avait jamais été réellement conclu), et organisé notre rapatriement en France. L'avenir de la fillette que nous avions accueillie exigeait notre attention : nous rendîmes visite à la maman, rentrée chez elle :

Bonjour Meryem, ta fille va bien, mais nous devons rentrer en France prochainement ; es-tu d'accord pour la garder avec toi, nous pourrions te verser une somme mensuelle pour t'aider.

Docteur, je t'ai dit que je ne peux pas m'occuper d'elle.

Mais nous t'enverrions de l'argent

Non, mais je vous la confie. En Algérie, nous avons une procédure, qui s'appelle Kefala, par laquelle tu confies un enfant à une personne, même si elle n'est pas de la famille. Si tu le veux, je te signe une kefala pour Sarah.

Meryem, je me suis renseigné, tu ne peux me signer une kefala, je ne suis pas musulman.

Alors, je te signe un papier, te confiant ma fille et t'autorisant à l'emmener en France.

Le document fut rédigé, et fut le sésame qui permit à Sarah de nous accompagner en France.

Nous embarquâmes à Oran, dans une cohue indescriptible, car l'exode des colons regagnant la Métropole se poursuivait ; la traversée fut très agitée, la Méditerranée était secouée d'énormes vagues. Arrivés à Port-Vendres, nous fûmes accueillis par la mère de Louise. Installés chez elle, nous reprîmes pied : je devais organiser l'achèvement de mes études, et Louise préparer la naissance de notre enfant.

Deux jours plus tard, je pris le train pour me rendre à Lille : l'entrevue avec le Doyen fut orageuse, car il estimait que je lui avais caché la réalité de ma situation. Faisant amende honorable, j'acceptai sa proposition : entreprendre un stage interné d'au moins un an dans le secteur de l'académie, puis soutenir une thèse de doctorat.

De retour à Narbonne, j'examinai les postes d'interne demeurés libres. Un poste vacant à Saint-Quentin me parut intéressant : d'autre part, il était proche d'Amiens, où résidait la plupart de ma famille. Je postulai cet emploi ; dès l'accord obtenu, je vins sur place, y réservais un logement pour installer notre entrée familiale dans la vie active.

Notre fille naquit fin octobre, en mon absence, ma femme la prénomma Florence. Nous étions maintenant un jeune couple ayant deux enfants à charge : cela nous ouvrait de nouveaux horizons, insoupçonnés quinze mois plus tôt. Quelques jours plus tard, nous traversions la France, de Narbonne à St Quentin, pour nous installer, pour au moins un an, dans cette ville du Nord.

Les années françaises

Saint Quentin

Le voyage, du Sud au Nord de la France, fut long, dans la petite voiture achetée avec nos économies. Le véhicule nous emmena tous les quatre, les deux filles installées dans des berceaux logés au milieu de toutes nos affaires. Arrivés à St Quentin, nous emménageâmes dans la petite maison que j'avais loué quelques jours plus tôt, à proximité de l'hôpital où je devais prendre mon service d'interne en médecine.

Le lendemain, je débutai ma fonction, nouvelle pour moi qui avait exercé pendant plus d'un an en qualité de médecin. L'accueil de mes collègues fut chaleureux ; je fus affecté à un poste demeuré libre, dans le service de pédiatrie. Ma rémunération était modeste, et la direction de l'établissement s'accorda pour que mon approvisionnement en nourriture me soit alloué par l'intendance de l'hôpital.

En octobre de l'année suivante, notre famille s'agrandit par la naissance d'un garçon, qui naquit à la maternité de l'hôpital où j'exerçai : nous le prénommâmes Hubert. Cette nouvelle étape de notre vie familiale fut heureuse : nous vivions la semaine au rythme de mon service, et des exigences de nos trois enfants ; le dimanche, nous voyagions fréquemment jusqu'à ma famille : Amiens n'était distante que de 80 kilomètres. Au cours de ces mois, l'entente entre ma mère et ma femme se consolida (elles s'étaient connues à Méchéria, où ma mère l'avait favorablement estimée) ; et notre groupe familial vécut alors une période euphorique.

Apprécié par mon chef de service, j'envisageai de rédiger une thèse de doctorat sur un syndrome récemment identifié : les comas par hyponatrémie néonatale : mon maître de stage m'avait confié, à plusieurs reprises, l'accompagnement d'enfants en détresse jusqu'à Paris, et cette pathologie nous passionnait, lui et moi. Cependant, le Doyen de la faculté de médecine de Lille refusa mon sujet de thèse, au prétexte que nous adressions nos malades dans un hôpital parisien, alors que je soutiendrai ma thèse à Lille… Je me rabattis alors sur un sujet proposé par son secrétariat : les syndromes neurologiques paranéoplasiques.

Quelques mois plus tard, je soutenais ma thèse à Lille, et obtins le titre de Docteur. Se posa alors une question fondamentale : qu'allions nous faire, mon statut professionnel étant maintenant confirmé ?

À cette époque, ma sœur Françoise, qui achevait une licence d'histoire, enquêtait sur les personnes en situation de pauvreté, en vue d'un mémoire sur ce sujet : elle observait la réflexion d'une association à vocation humanitaire qui œuvrait dans un camp d'urgence à Noisy-le-Grand : un poste d'infirmière y était vacant, et elle proposa à Louise de candidater à l'occuper.

Nous rencontrâmes l'équipe d'*Aide à toute détresse* qui gérait le camp : un accord fut conclu pour nous y admettre, Louise assurant le poste d'infirmière et la famille entière étant reçue et hébergée parmi les Volontaires de l'association. Les conditions y étaient précaires ; cependant, le groupe militant était accueillant, et la vie institutionnelle était passionnante, notamment les soirées consacrées à la réflexion sur la faculté de modifier le monde.

Paris

Au cours des soirées qu'organisait l'organisme qui nous hébergeait, cependant que Louise officiait dans le campement, une préoccupation essentielle était de définir le Quart-Monde, pour aborder différemment la résolution de la pauvreté dans le monde. Participant à ces réunions, je proposai d'autres approches, dont la participation à l'émancipation du tiers-monde. J'en discourus volontiers avec le Père Joseph Wresinski, et je lui déclarai que je souhaitai m'engager dans cette voie. Il convint que mon choix était valable.

Cependant, ne m'estimant pas prêt pour cette entreprise, j'envisageai de me qualifier en médecine tropicale : un institut de la Faculté de Médecine de Paris préparait à un diplôme adéquat : je m'inscrivis pour une session qui durerait quelques mois, pour acquérir l'aptitude qui me serait nécessaire. Nous quittâmes Noisy-le-Grand pour Paris, où mon frère ainé, qui venait de se marier, libérait un studio situé rue St Maur : il nous le prêta pour le temps des études.

Ces quelques mois de transition furent une épreuve pour notre famille. Ma femme attendait son troisième enfant, le logement était exigu et sans aucun confort, nos seules ressources étaient la rémunération de gardes de nuit, que j'effectuai de manière aléatoire. À l'approche de la naissance, Louise partit à Narbonne, avec les enfants, en vue d'accoucher : notre fille naquit le 3 février, nous la prénommâmes Ghislaine. Je rejoignis la famille deux mois plus tard, ayant obtenu mon diplôme, et nous construisîmes notre projet d'expatriation.

Nous souhaitions partir en Afrique subsaharienne, dans un pays récemment décolonisé, participer à l'essor sanitaire de ce pays. Bien entendu, nous souhaitions nous rendre dans un pays rompant délibérément avec l'ancienne puissance coloniale, et francophone.

Souhaitant demeurer libres dans notre engagement, je délaissai le cadre, qui s'organisait alors, de la coopération entre États. C'est avec cette optique que je visitai diverses ambassades : un entretien avec un conseiller de l'ambassade du Mali me sembla intéressant : il me proposait un remplacement de médecin généraliste dans un Cabinet de médecine générale géré par une entreprise d'État, la Pharmacie populaire du Mali, à Bamako.

Dès la signature du document déclarant mon embauche, nous préparâmes les documents nécessaires (passeports, vaccinations), et la liste de ce que nous désirions emporter avec nous. Nos familles étaient dubitatives devant notre décision : il nous fallut les rassurer, et leur démontrer la faisabilité de celle-ci : notamment, mon père s'étonnait de notre choix du Mali, pays pauvre dont l'avenir lui paraissait incertain.

Cependant, notre réservation pour un vol direct vers notre nouvelle destination était assurée : ce vol se déroula début juin.

Les années maliennes

Bamako

Juin 1966, 6h et demi du matin, piste d'atterrissage de Bamako : l'aéroport est modeste par rapport à celui d'Orly, d'où nous sommes partis six heures plus tôt. L'avion atterrit en bout de piste, et plusieurs véhicules s'en approchent. Des passerelles permettent de gagner le sol depuis l'avion. Au pied de la passerelle, un Africain élégant s'avance vers moi : *« bonjour, je suis Sane Moussa Diallo, Directeur de la Pharmacie populaire du Mali, je suis venu vous accueillir à votre arrivée parmi nous ».*

Louise et les enfants me suivent, et nous montons dans une grande berline capable de nous accueillir. La voiture démarre, sans autres formalités, et nous entrons dans la ville de Bamako : une grande ville, très sale, dont les chaussées, non goudronnées, répandent une poussière qui s'imprègne partout ; nous pénétrons ensuite dans un quartier différent, dont les chaussées sont goudronnées, et les maisons entourées de jardins.

C'est ici que vous habiterez, nous déclare M. Diallo.

Le petit immeuble désigné porte une pancarte : *« Ambassade du Kenya »,* et nous nous en étonnons :

Ils occupent l'étage, et vous seuls occuperez le rez-de-chaussée. N'ayez aucune inquiétude, c'est ici le quartier des ambassades, vous serez en sécurité.

L'instant suivant, nous occupons les lieux : une grande cuisine, ouverte sur le jardin, trois belles pièces, et toutes les commodités pour observer une hygiène rigoureuse. Dès l'installation terminée, un garçon athlétique apparait devant nous, que nous présente Monsieur Diallo : *« je vous présente Mensa, il est engagé par la pharmacie populaire pour garantir votre sécurité »* S'adressant à ma femme, il lui affirme :

vous savez, la ville de Bamako n'est pas sûre. Vous aurez besoins de sa protection dès que vous sortez du quartier.

Je suis déconcerté par cette entrée en matière. Certes, être attendu à l'aéroport et avoir pu, aussi rapidement et sans complication, installer notre hébergement était un atout indéniable. Mais l'attribution impérieuse d'un garde qui pourrait surveiller tous nos agissements, et peut-être en faire part, me fâchait. Je fis part de ma réflexion à notre cicérone, mais il écarta mon objection, m'assurant que les précautions mises en œuvre étaient indispensables.

Sans délai, je fus installé dans ma fonction : le cabinet médical où j'officierai était tout à fait conforme, avec salle d'attente, salle d'examen muni de table de consultation, Poupinel pour stériliser les instruments, et armoire de médicaments urgents. Le médecin qui m'avait précédé dans ce poste était parti en congé dans son pays d'origine, et avait déclaré souhaiter ne pas renouveler son contrat.

J'y exerçai dès le lendemain : les consultants étaient des bourgeois, dont certains expatriés : français mais aussi venant d'autres pays européens, notamment d'Europe de l'Est, car le Mali naissant recrutait beaucoup de cadres dans les pays d'Europe soviétique. Les pathologies rencontrées étaient banales, semblables à celles que je rencontrai en France. Concernant les maladies tropicales, dont j'avais étudié les modalités, j'étais amené à prévenir plutôt que guérir.

Les soirées se déroulaient en compagnie des enfants, qui devaient s'habituer aux nouvelles conditions de vie : Sarah et Florence avaient 3 ans, Hubert 2 ans et Ghislaine était un nourrisson ; tous les quatre redoublaient d'étonnement devant la végétation et la faune qui les entourait : en particulier, les nombreuses mouches qui circulaient au milieu de nous. En revanche, la diversité alimentaire ne les offusquait pas.

Quand survint le week-end, nos nouvelles relations nous invitèrent à sortir avec elles : les propositions étaient nombreuses : spectacles, compétitions sportives, soirées dansantes dans les clubs qui animaient la capitale : j'étais personnellement très hésitant, préférant me documenter sur ma capacité à mener à bien le projet qui m'avait conduit jusqu'ici : œuvrer à la réussite de l'émancipation du Mali. Mon épouse, elle, appréciait les sorties, notamment les soirées dansantes. Cette divergence dans notre couple révéla un premier désaccord entre ma femme et moi.

Désaccords majeurs

Nous étions charmés par notre réussite : rapidement acclimatés à nos nouvelles conditions (température tropicale, population et usages, rythme de vie), les journées et les semaines s'écoulaient. Occupé par ma fonction médicale, je retrouvai la famille en fin de journée : nos soirées étaient consacrées au soin des quatre enfants, et à réfléchir sur notre avenir, que nous souhaitions poursuivre ici.

C'est alors que M. Diallo exprima son intention de proposer un emploi à ma femme, dans la Société d'État qu'il dirigeait. La considérant comme son acolyte, il l'associa à ses projets d'envergure, dont la création d'un Jardin pour les enfants du personnel : concevoir ce service ; ensuite, en définir les locaux ; puis, embaucher le personnel ; enfin, en assurer la direction.

Cette initiative bousculait notre mode de vie. Louise s'enthousiasma pour la mettre en œuvre ; les enfants, à l'exception de la plus jeune, seraient de la partie. Nous dûmes engager une gouvernante pour gérer le logement et veiller sur Ghislaine. En quelques semaines, l'ensemble fut mis en place : notre nouveau mode de vie était créé.

Il avait été conclu, lors de la signature de mon embauche, que le contrat me liant à la Pharmacie populaire, à durée déterminée, serait évalué au bout de quatre mois : déclaré caduque ou transformé en contrat à durée indéterminée. Nous approchions de cette échéance, et je demandai un entretien à mon directeur : je proposai de rester au Mali, mais en exerçant une fonction différente. Il me conseilla d'avoir un entretien avec le ministre de la Santé, qui me reçut au Ministère en sa présence :

Bonjour, Docteur Guidée ; nous sommes honorés par votre souhait : notre Ministère recherche un praticien pour créer un service de protection maternelle et infantile (PMI) dans un quartier de Bamako, à Badalabougou. Il s'agit d'un projet pilote, nous l'expérimentons avant d'en diffuser l'exemplaire. Vous avez, je crois le savoir, une expérience en pédiatrie : êtes-vous d'accord pour tenter ce challenge ?

Je déclare que cette proposition correspond tout à fait à ma demande. Se tournant alors vers M. Diallo, il poursuit :

Cher ami, ton organisme est-il en capacité de poursuivre le financement du travail de M. Guidée ?

Je pense que cela est possible, répondit M. Diallo.

Dès les jours suivants, je changeai de poste, et m'élançai, chaque matin, sur le pont de Bamako, pour gagner mon nouveau lieu de travail, de l'autre côté du fleuve. Je ne rentrai chez nous que le soir, et participai moins à la vie familiale. Les trois aînés découvraient la vie sociale au jardin d'enfants que créait leur mère, la cadette demeurait sur place avec Salimatou, la gouvernante.

Ma nouvelle fonction me convenait : je devais concevoir, avec une équipe paramédicale enthousiaste, un spécimen sanitaire original, installé dans des locaux neufs et fonctionnels. Le matin était consacré à l'accueil d'enfants du quartier, dont certains étaient malades ; les puéricultrices et les infirmiers œuvraient à l'éducation des mamans, j'étais délégué au soin des enfants malades, en particulier à la réanimation d'enfants en état de déshydratation. L'après-midi, nous déambulions dans les localités de l'arrondissement, prodiguant des conseils et prônant la mise en place de jardins potagers.

Programme passionnant, que je pratiquai pendant six mois.

Cependant, un sentiment de lassitude m'envahissait parfois : je ressentais que mon mode de vie, dans un quartier privilégié pourvu de toutes les commodités, me plaçait en désaccord avec la population que je prétendais servir : et je sollicitai un nouvel entretien avec le ministre, qui me reçût, cette fois-ci en aparté ; il m'interpella :

Dites-moi votre souhait, je m'emploierai à vous satisfaire.

Docteur Dolo, je souhaite participer à l'indépendance du Mali, et construire avec vous le système de santé du pays. Je désire exercer sous contrat malien, vivre la réalité du pays...

Mais nos contrats locaux ne vous permettront pas de vivre correctement.

Je pense que le salaire malien me suffirait. M. Diallo embauche ma femme, et il lui procurera un logement de fonction..

Bien, je vais étudier nos possibilités. Je vous rappelle dans quelques jours.

Deux semaines plus tard, je reçus un message : mon entrée dans la fonction publique malienne était agréée, je devais maintenant choisir un lieu d'exercice ; je serai médecin d'une circonscription administrative, assurant distribution du soin et mise en place de la prévention, et éventuellement (selon l'affectation) coordonnateur de la lutte contre les grandes endémies (lèpre, paludisme).

Le premier poste proposé fut la circonscription médicale de Bandiagara, au cœur du pays dogon. Bandiagara est, à l'époque, une cité de moins de 10.000 habitants, chef-lieu d'un cercle (équivalent de département) d'environ 120.000 habitants. Peuplée d'ethnies Peule et Dogon, la cité ne fut colonisée qu'en 1893 ; l'administration de la circonscription comprend un préfet et un maire.

Lorsque j'y fus nommé, la ville était une cité typiquement africaine, où les bâtiments modernes étaient rares : le dispensaire était vieillot, le logement qui m'était alloué n'avait aucun attribut moderne, notamment pas d'eau courante ni de sanitaires convenables.

Ma première initiative fut de mettre en œuvre la rénovation du local de soins : nettoyage, réfection de peintures, installation de matériel. J'y employai le personnel, déclarant que ce préalable était indispensable pour travailler de manière valable ; ma proposition fut accueillie favorablement. Cependant, la vétusté du local d'habitation qui m'était proposé n'était pas convenable pour la venue de ma famille : j'en fis part au ministre, qui accepta mes observations, et s'engagea à me muter à une place plus adéquate.

Dans la semaine qui suivit, il me proposa l'administration sanitaire du cercle de Mopti : ville importante du centre du Mali, irriguée par le Niger, grand fleuve africain aux ressources halieutiques inépuisables. Le logement proposé ici était moderne, neuf, situé auprès du Gouvernorat, et doté de toutes les commodités. La charge était analogue à celle initialement proposée, à laquelle s'ajoutait la responsabilité d'un secteur de contrôle des Grandes endémies.

J'y pris mes fonctions : le personnel, très compétent, œuvrait depuis plusieurs mois sans médecin, et assumait le fonctionnement de quatorze dispensaires, et d'une Maternité très active, où exerçaient des sage-femmes compétentes. Un hôpital moderne fonctionnait dans la ville, dont le médecin-chef était malien et les médecins-adjoints russes (l'un radiologue et l'autre chirurgien). Complément utile, l'administration de la santé de la région Centre, dont fait partie le cercle de Mopti, était gérée par un médecin inspecteur régional, qui siégeait à Mopti.

Je fis part de ma nomination à mon épouse, décrivant la qualité du logement et l'agrément de la vie dans cette nouvelle affectation : elle me répondit que son activité à Bamako prenait de l'ampleur, et qu'elle ne pouvait envisager de me rejoindre. J'en fus dépité : certes, j'avais quitté Bamako et ma vie familiale depuis plusieurs semaines, poursuivant l'objectif que nous avions projeté ensemble. J'estimai que mon parcours méritait son assentiment : pourtant, la réussite de ma recherche aboutissait à une rupture de notre vie commune.

Au cours des mois suivants, chacun s'attacha à légitimer son autonomie, tant professionnelle que sociale. À

Bamako, mon épouse était accaparée par sa fonction : celle-ci lui décernait un rang social dans la société malienne, et elle aménageait sa vie en conséquence ; moi-même, à Mopti, étais reconnu responsable d'un service de santé malien, et je participais maintenant aux décisions politiques, ainsi qu'aux manifestations officielles.

Je me rendais parfois à Bamako, le plus souvent par avion, pour de courts séjours : j'y retrouvai les enfants pendant quelques minutes, mais je n'osai imposer ma présence dans le logement attribué à ma femme par son employeur. Un pan entier de ma vie s'écroulait.

Au cours des mois suivants, j'ai tenté d'accueillir mes deux ainées chez moi à Mopti, mais mon initiative se révéla déplacée et je renonçai à poursuivre l'expérience : notre séparation officieuse parut admise par le couple, et reconnue par notre entourage.

Après quelques mois d'exercice en qualité de fonctionnaire malien, je reçus un appel téléphonique du ministre de la Santé :

Docteur Guidée, nous avons une proposition à vous faire : nous sommes tout à fait satisfaits de vos services, mais vous nous coûtez cher ; d'autre part, votre salaire ne convient pas à votre qualification. Nous avons demandé au ministère français de la coopération de vous prendre en charge, ils acceptent. Vous serez bientôt convoqué à Paris pour signer votre contrat.

Mais je vous rappelle que je désire conserver un contrat malien, pour m'inclure à part entière dans votre politique sanitaire.

Non, cela ne nous parait pas possible. La démarche est en cours, et je vous demande d'accepter notre initiative et de vous rendre à cette convocation.

Bien ; puisque c'est votre souhait, je m'y conformerai.

Quelques jours plus tard, j'entrepris un voyage à Paris, où je signai ce nouveau contrat de travail : ma fonction restait la même, mais mon salaire se voyait multiplié

Périls politiques et familiaux

Après mon absence de Mopti, qui ne dura que quelques jours, je retrouvai mon poste, et repris mon activité :

51

nombreux déplacements, le plus souvent en véhicule, parfois en bateau sur le Niger en crue ; prise de décisions quelquefois délicates, et parfois controversées ; mais aussi solitude affective et espoir de changement. Ma situation financière me permettait maintenant certaines dépenses : j'achetai une automobile neuve, capable de me conduire en week-end jusqu'à Bamako.

En septembre, alors que je me rendais dans une localité avec une équipe paramédicale, notre véhicule fut arrêté par un barrage tenu par des militaires : je m'avançai pour obtenir les explications d'un gradé :

Bonjour, je suis le lieutenant Camara : nous avons l'ordre de vous demander de retourner à votre base ; tout déplacement est interdit sur tout le territoire.

Je tentai de protester :

Mais nous sommes en mission pour nous rendre à Konna, où la population nous attend pour une consultation médicale…

Nous avons l'ordre de vous interdire d'aller plus loin. Docteur, ne m'obligez pas à employer la force !

Je rendis compte de la conversation à mes collègues. Notre véhicule fit demi-tour et nous rentrâmes à Mopti. Dans la matinée, la radio nationale nous apprit que le président Keita avait été destitué, et que l'armée avait pris le pouvoir.

Le pays entier connut une grande effervescence pendant les semaines suivantes : Modibo Keita avait de nombreux supporters, qui appréciaient sa rigueur et son engagement anticolonialiste. Mais il avait aussi de nombreux détracteurs, qui dénonçaient sa politique monétaire et son effet sur le coût de la vie.

Dans les temps qui suivirent, le leader de la junte qui réalisa ce coup d'État abrogea la constitution et accapara les pleins pouvoirs.

Ce bouleversement politique nous atteignait de plein fouet : le choix du Mali avait été largement influencé par la personnalité de Modibo Keita, et nous ressentions sa destitution comme un échec. Nous eûmes de longues conversations téléphoniques pour décider notre attitude : quitter le Mali ou y rester ? Si nous demeurions ici, devions nous résister, sous une forme à déterminer, ou accepter le nouveau pouvoir ? Cependant, nous avions tissé des liens avec nos collègues et les nombreuses personnes que nous rencontrions : il nous apparut, en premier lieu, qu'il valait mieux temporiser, et chacun de nous deux poursuivit son activité, dans un contexte socio-politique modifié.

Plusieurs mois s'écoulèrent, chacun dans son espace. Un matin de juillet, une communication téléphonique m'apprit que mon père était décédé : en fait, l'annonce de cet évènement avait transité par Bamako et me parvenait avec retard. Le message m'informait qu'il s'était écroulé alors qu'il se promenait, et n'avait pu être ranimé ; sans aucune précision, d'aucune source.

J'étais très isolé depuis ma nomination à Mopti, et cette information fit l'effet d'une bombe : me rendant compte des ruptures entrainées par ma détermination à poursuivre mon projet, érigé en priorité absolue, je m'enfermai dans la villa, et écoutai, seul et sans compagnie, sans interruption, des disques de musique classique.

Au cours des mois suivants, je délaissai souvent mon poste, en confiant la responsabilité à mon adjoint, un infirmier d'État expérimenté, et me rendais à Bamako pour décider avec ma femme de la conduite à tenir. Elle souhaitait s'engager dans un projet homologue à celui qui nous avait conduit au

Mali : la participation à l'édification de la nation cubaine, où les castristes venaient de gagner le pouvoir. Moi-même étais enclin à rechercher une condition pérenne ; d'autant plus que les deux ainées allaient entamer leur parcours scolaire, ce qui exigeait une stabilité.

Au fil des discussions, elle maintint son souhait de partir à Cuba, et pris ses dispositions en ce sens. Lorsqu'elle me demanda d'établir les autorisations de voyage des enfants, je refusai catégoriquement, et me désolidarisai totalement de son aspiration. Je quittai alors Mopti, et vins habiter son logement, pour préparer le retour familial en France. Quelques jours après, elle s'envola pour La Havane ; et je demandai au consulat ma mise en disponibilité, et d'établir nos billets de voyage vers Paris.

Après un voyage éprouvant (car nous dûmes stationner aux îles Canaries du fait d'une panne d'avion), je parvins à Paris-Orly dans la soirée, escorté de mes quatre enfants. Ma sœur Françoise et mon beau-frère nous y attendaient, pour nous emmener illico dans le Midi, au mariage de notre jeune sœur. Ma mère, récemment veuve, ne pouvait nous accueillir ;

au cours de l'été, nous avons rejoint ma belle-mère à Narbonne.

Quelques jours plus tard, mon épouse nous y retrouva : elle ne nous renseigna guère sur son équipée à Cuba, mais demeura avec nous. Reprenant pied, nous nous sommes installés dans un logement saisonnier au bord de la Méditerranée. Puis je démissionnai de ma fonction de médecin coopérant, et recherchai un emploi : au bout de plusieurs semaines, je décrochai le poste de médecin salarié à Escaudain.

C'est dans cette localité que nous rétablîmes notre vie familiale. La scolarisation des enfants, les démarches pour adopter légalement notre fille adoptive, l'installation de notre logement ne nous posèrent pas problème ; la reprise d'une entente conjugale fut quant à elle éludée, aucun de nous deux n'abordant le sujet.

Quelques mois après, le divorce fut demandé par mon épouse : la séparation familiale fut instituée, et le jugement me confia l'éducation de nos enfants.

La famille monoparentale

Escaudain, avril 1970

Lundi matin, lendemain de la déclaration de la nécessité de divorcer : les enfants se réveillent, nullement angoissés. Leur père vérifie leur habillement et les fait déjeuner : puis c'est le départ à l'école, en joyeuse cohorte. Ils vont retrouver leurs copains, en majorité des voisins habitant près de notre pavillon.

Quelques minutes plus tard, l'aide-ménagère vient débuter son service : elle préparera le repas de midi, qu'elle dispensera aux enfants. Nous conversons ensemble quelques minutes, puis je me rends au dispensaire de la Société de secours minière : je vais ensuite m'occuper de la population dont j'ai la charge médicale : sur place ou à domicile.

J'œuvre, échange quelques mots avec chaque patient, sans évoquer ma préoccupation personnelle : un peu après midi, je regagne mon logement, pour quelques instants de repos et me restaurer, et échange avec celle qui gère le quotidien de la famille : notre conversation demeure anodine, et les nouvelles déclarées la veille ne sont pas abordées.

En milieu d'après-midi, les enfants rentrent de l'école : ils goutent, s'installent dans le séjour, jouent entre eux ou exécutent le devoir demandé par leur maître. L'ambiance est très calme, rien ne vient la troubler. Ensuite, ils demeurent seuls pendant quelque temps, avant mon retour. Ils me questionnent timidement sur l'arrivée de leur mère, je réponds évasivement, sans déclarer à brûle-pourpoint notre séparation : ils se contentent de ma réponse et n'insistent pas.

Dans la soirée, je me dirige vers la cuisine, examine les denrées présentes, imagine la composition d'un dîner : quelques pommes de terre, un œuf sur le plat, un yogourt et une demi-pomme. Je m'attelle à le préparer, puis rejoins les enfants, les mets à table et les fais dîner. Ils s'étonnent de ma façon de faire, je déclare ne pas attendre le retour de leur mère pour dîner.

Les jours s'écoulent, selon ce rythme immuable. Les enfants ne semblent pas s'étonner, et vivent cette répétition sans poser de question. Cependant, les vacances de Pâques approchent, or je souhaite construire mes projets : dont envisager de modifier mon avenir professionnel. Il me faut me renseigner de manière concrète sur ma capacité à entreprendre la formation en santé publique que j'envisage. Pour ce faire, je demande à mon employeur un congé de quelques jours.

J'en avise leur mère, déclarant mon intention de me rendre pendant quelques jours à Rennes, pour rencontrer les responsables de l'école où j'envisage une formation complémentaire. Je lui demande de prendre en charge nos enfants pendant cette durée. Elle vit en appartement à Lille, et se déclare d'accord pour les accueillir durant quelques jours : premier acte significatif de notre séparation.

Mon séjour à Rennes fut positif : accueil bienveillant de l'ENSP (École Nationale de Santé Publique) quant à mon projet d'étude, atmosphère sympathique de l'école, conseil de m'adresser à la Direction Générale de la Santé pour obtenir un statut de médecin vacataire en santé scolaire pendant mes études, me permettant de conserver mon affectation à la Sécurité sociale et recevoir quelques indemnités. Je revins dans le Nord rasséréné sur la faisabilité de mon projet.

Le troisième trimestre se déroula dans une certaine quiétude : certes, ma situation familiale est préoccupante, mais un avenir possible se dessine. Les vacances d'été des enfants furent décidées ensemble : leur mère les emmènerait à Narbonne, où ils passeraient l'été au sein de leur famille maternelle, avec mamie, tante et cousins.

Début juillet 1970 : les quatre enfants débutent leurs premières vacances d'écoliers ; ils sont joyeux, leur mère les emmène à travers la France, pour un long voyage de plus de neuf cents kilomètres : en leur absence, je préparerai l'année scolaire suivante.

Je me renseigne auprès de l'avocat chargé d'engager la procédure de divorce : il me rassure, la démarche est en voie d'aboutir rapidement. Tout est donc en ordre pour une séparation dans la sérénité, et je suis en mesure d'aborder l'avenir sans inquiétude. Le matin suivant, je regarde la voiture s'engager vers l'autoroute qui mène dans le Midi.

Me voici seul. Seul pour élaborer mon projet de vie, seul à décider le futur des enfants puisque la cellule parentale se dissout.

Je suis en poste ici depuis le 11 novembre de l'année dernière ; mon employeur, qui siège à Valenciennes, me presse de signer mon engagement définitif. Cependant, une clause du contrat limite considérablement le droit à la démission, alors que je veux conserver ma liberté d'action : je retarde l'échéance de la signature, pour conserver possible une capacité de changement.

Le mois de juillet s'écoule ; je me prépare à quitter ma condition de médecin généraliste, et donc les patients, qui font régulièrement appel à moi pour une prescription ou une hospitalisation. A quelques-uns, je laisse entendre que je vais quitter ma fonction : ils en sont marris, mais ne protestent pas contre ma décision.

Au mois d'août, je recherche un déménageur, fais évaluer le coût du transport de meubles et affaires usuelles d'Escaudain à Rennes ; il est convenu avec le transporteur que je le précèderai en voiture, pour être sur place lors de l'installation. Dans les jours suivants, je présente ma démission de mon poste salarié, remercie et félicite les personnes qui ont géré notre maison pendant dix mois, rassemble meubles, objets et affaires à emporter.

Je quitte ma fonction médicale fin août, dans un silence social complet. Nos deux véhicules, ma petite AMI 6 précédant le camion, traversent la France, du Nord à l'Ouest, et parviennent en soirée à Rennes. Nous débarquons meubles et matériels, dinons ensemble, le chauffeur, son aide et moi, puis nous séparons : lui rentre dans le Nord, je m'installe dans le pavillon. Le lendemain, je prends conscience de l'aventure entreprise, installe les meubles, vérifie que tout est en ordre pour y recevoir mes enfants. Après une nuit de repos, je me prépare à aller les rechercher à Narbonne.

Rennes

Le surlendemain, nous parvenons à Rennes vers 20 heures, après un long trajet de plus de neuf heures. Les enfants savent notre destination, qu'ils allaient changer de ville et d'école, mais le caractère définitif de la séparation entre leur mère et moi n'est toujours pas révélé ni reconnu. Arrivés devant l'habitation neuve où nous allions maintenant vivre, leur attention se porta sur l'environnement : un quartier neuf, propre, peu de personnes alentour. La nuit approchait, et je les invitais à visiter les lieux : un grand séjour, trois chambres, relativement spacieuses, une salle de bains et des toilettes. Le pavillon s'ouvrait sur la rue, le séjour donnait sur un terrain vague, encore non construit. Les enfants retrouvèrent leurs lits, leurs affaires personnelles, et s'installèrent pour la nuit, les deux « grandes » ensemble, les deux « petits » dans l'autre chambre.

Après une nuit calme, où je veillai le repos des enfants, ma sœur Françoise nous fit la surprise de nous visiter, venant de Malakoff : elle souhaitait s'assurer de la satisfaction des enfants, et de leur bien-être dans cette nouvelle étape de leur vie. Je fis avec elle l'inventaire de leurs besoins, tant en linge qu'en matériel scolaire, et nous complétâmes celui-ci ensemble.

Le jour suivant, c'est la rentrée en classe des quatre enfants : Sarah et Florence en CE1, Hubert en CP, et Ghislaine en école maternelle, dans un lieu différent des ainés. J'accompagne chacun dans sa classe, puis la plus jeune dans son école ; je propose à la directrice de l'école maternelle qu'elle soit accompagnée, et reprise l'après-midi, par sa sœur Sarah : malgré des réticences, cette solution est acceptée. En fin d'après-midi, je vais les rechercher : tous sont enthousiastes.

Quelques jours plus tard, c'est « ma » rentrée : à l'École Nationale de Santé Publique, école dont j'ai souvent entendu parler, notamment par mes confrères médecins militaires, lorsque j'étais au Mali. Le premier jour est consacré aux présentations et à l'énonciation du programme : cours théoriques, mais aussi réalisation d'un mémoire personnel d'intérêt général.

Mes collègues sont de quatre continents, adressés à l'ENSP par les autorités de leurs pays. Certains ne sont guère francophones, et certains enseignements feront l'objet de traductions. Mes collègues français ont tous réussi un concours administratif et sont de ce fait fonctionnaires de l'État français. La marginalisation de mon statut personnel me préoccupe, et je m'interroge à son sujet : parviendrai-je à subvenir aux besoins de ma famille, suivre le programme, et acquérir ce diplôme ?

Je me réjouis de l'attitude des quatre enfants : joyeux, nullement inquiets : notre cellule familiale reste solide, chacun de ses membres entreprend de réussir cette étape : le quotidien est très ordonné, chacun sait ce qu'il peut espérer et atteindre, les objectifs (réussite scolaire de chaque enfant, succès à l'examen final du père) sont clairs. Ainsi, les semaines se succèdent, et le temps s'écoule. Le jour de repos scolaire (à l'époque, le jeudi), je les confie au Centre aéré du quartier, où ils retrouvent des camarades et s'adonnent à diverses activités, culturelles et sportives.

Le motif de la séparation des parents n'a toujours pas été ouvertement révélé. Pourtant, en octobre, chacun des deux parents a reçu un courrier officiel notifiant le jugement du tribunal de Grande instance de Valenciennes : le divorce est prononcé « *aux torts de la femme, confiant la garde des enfants Florence, Hubert et Ghislaine au père* ». Sarah n'était pas mentionnée puisque non légalement adoptée. Mais cette annonce ne fut pas commentée, ni par les parents entre eux, ni de chaque parent avec les enfants.

Leur mère ne vient guère à Rennes : prétextant l'éloignement, elle communique avec ses enfants par téléphone : restant à l'écart de ces conversations, j'en ignore le contenu. J'ai cependant conscience du déséquilibre dans lequel nous vivons ; d'autre part, l'épuisement progressif de mes économies, ainsi que ma solitude affective commencent à me poser problème. Aux alentours de Noël, j'apprends (par les enfants, auxquels elle téléphone régulièrement) sa venue à Rennes. Aménageant l'appartement pour la recevoir, je demande à l'une des filles de libérer son coin de chambre. Elle parvient chez nous un soir ; j'attends le lendemain pour proposer une réunion (une sorte de Conseil de famille) pour annoncer aux enfants le motif complet de notre séparation, et aussi pour définir sa participation financière à l'éducation des enfants.

L'annonce du divorce fut refusée avec véhémence :
C'est toi qui vas les traumatiser, le silence actuel est préférable, me dit-elle.

Non, ils en parlent beaucoup, et leurs copains les interpellent à ce sujet., répliquai-je.

Laissons ainsi, ils nous croient éloignés mais pas séparés.

Je t'assure qu'ils ont besoin de connaître la vérité ; alors, je serai amené à la dire seul, mais c'est dommage.

Concernant le partage des frais, le dialogue fut vite terminé : *« le jugement de divorce n'aborde pas ce sujet, il est inutile d'en discourir ! »* me déclara-t-elle.

Quelques jours plus tard, je réunis les enfants autour de moi :

J'ai quelque chose à vous dire, déclarai-je.

Quoi ? me répondirent-ils en chœur.

Je dois vous dire pourquoi Maman ne vit plus avec nous.

Devant l'interrogation muette des enfants, j'ajoutai :
En fait, nous avons divorcé, sur sa demande.

Papa, on l'avait compris, me rétorqua le garçon, approuvé par ses sœurs.

Le calme des enfants m'émerveille : les trois « grands » progressent en classe, recueillent de très bonnes appréciations ; Ghislaine, jusqu'ici très effacée, s'exprime davantage. Chacun des quatre a désormais son groupe de copains et copines, dont certains les accompagnent jusqu'à notre logement. Tranquillisé par cet état de fait, je noue plusieurs relations amicales avec mes collègues ; un soir, j'ose inviter l'une d'elles (infirmière, assistante à l'ENSP) à demeurer avec moi pour la nuit : nous en fûmes tous les deux heureux, mais j'encourus des reproches de mes filles le lendemain, et dus invoquer alors l'état de divorce.

L'année 1971 s'écoule : les enfants progressent à l'école, Ghislaine (née en février) rentre l'année suivante en Grande Section de Maternelle ; moi-même réussit les examens partiels, ce qui m'assure d'obtenir en septembre le diplôme convoité.

Je m'intègre de mieux en mieux à la vie sociale et culturelle de Rennes, mon amie me fait connaître de nombreuses personnes. En mai, un ami, ancien élève de l'École, m'indique la vacuité prochaine du poste d'assistant en Parasitologie qu'il occupe : je propose ma candidature au Chef de service, qui l'agrée pour l'année scolaire suivante : me voici certain de ne plus connaître les affres du manque de ressources, au moins pendant un an !

Pour les vacances d'été, nous concevons, leur mère et moi, que les enfants les passeront de nouveau à Narbonne, dans leur famille maternelle ; quant à moi, j'entreprends une randonnée motorisée en Afrique avec deux amis. À l'issue de celle-ci, je retrouve mes enfants et ma vie à Rennes ; j'assure la soutenance de mon mémoire de fin d'études (sur le thème suivant : *étude comparée des problèmes de santé publique causés par le travail en société agraire et en société industrielle avancée*) et obtiens le diplôme convoité.

L'année suivante s'écoule d'une manière semblable : progression satisfaisante des enfants, entente avec mon amie, enseignement des étudiants en parasitologie (cours théoriques, travaux pratiques microbiologiques, enquête sur les parasitoses tropicales méconnues des étudiants étrangers). À l'été, les enfants retournent à Narbonne, avec leur mère ; alors que mon amie et moi nous rendons dans une infirmerie située à Ziguinchor, au Sénégal, soigner les blessés du PAIGC (Parti Africain pour l'Indépendance de la Guinée et du Cap-Vert).

A notre retour en France, mon poste d'assistant ne pouvant être renouvelé, je me retrouve sans emploi ni ressources.

Je vais chercher les enfants à Narbonne pour débuter l'année scolaire à Rennes, et sollicite une nouvelle fois l'aide financière de leur mère, sans succès : je m'installe néanmoins dans un nouveau logement, et obtiens quelques vacations, en santé scolaire et en Centre d'examens de santé, qui assument les frais quotidiens. Un jour, alors que je déambulais à la bibliothèque de l'ENSP, l'un de mes professeurs me convainquis de tenter d'obtenir un emploi permanent en santé scolaire, m'assurant qu'un projet de modernisation et de développement de cette fonction était en cours. Conseil que je suivis : j'adressai une demande de poste en bonne et due forme au ministère de la Santé. Plusieurs sites étaient disponibles, dont Orléans : je déposai alors ma candidature à la DDASS (Direction départementale des Affaires sanitaires et sociales) du Loiret, qui l'accepta. Le poste était assorti d'un logement de fonction : vaste appartement F5, comprenant « suite parentale » et trois chambres, datant d'une dizaine d'années et en bon état.

En fait, mon motif de changement n'était pas lié qu'à mes soucis financiers : alors que mon entente avec mes enfants paraissait sans nuages, je ressentais l'absence de référent féminin dans leur éducation. Je ne souhaitai pas l'inclusion de mon amie dans la vie familiale, notre relation se limitait aux vies sociale et amoureuse. Orléans étant plus proche de Lille (où résidait leur mère), des relations suivies entre mère et enfants pourraient se mettre en place.

Orléans

L'été suivant se déroula de manière semblable aux trois étés précédents : leur mère vint chercher les enfants à Rennes, pour les conduire à Narbonne. Mon amie et moi organisâmes notre départ pour Orléans : nous y partions ensemble, mon amie ne renouvelant pas son contrat d'assistante à l'ENSP, et notre été se déroula en trajets entre les deux villes. L'appartement qui m'était alloué se situait dans un quartier périphérique : il était vaste, proche de l'école primaire et du collège où étudieraient les enfants. Mon amie, qui préparait une maîtrise de sociologie, rechercha un poste de maître auxiliaire dans l'académie, et fut nommée à Blois, ville distante de 50 kilomètres. Notre installation terminée, j'allai rechercher mes enfants à Narbonne.

Découvrant un troisième lieu de vie, les enfants se familiarisèrent vite à celui-ci : la cité où nous habitions était agréable, avec des lieux de détente, et une Maison de jeunes et de la culture proposant de nombreuses activités. Quelques jours plus tard, ce fut l'entrée à l'école primaire pour les quatre enfants, les grandes filles en CM2, Hubert en CM1 et Ghislaine en CE1. Ils prenaient leur repas de midi à la cantine de l'école, et je les retrouvai le soir.

J'obtins de leur mère de se conformer au jugement de divorce, et d'accueillir les enfants pendant une moitié des petites vacances. Programme qui se mit en place, malgré la réticence de son compagnon. Dès les vacances de Noël, elle vint les chercher avec sa voiture, pour fêter le jour de l'An dans le Nord. Ensuite, nous tombâmes d'accord pour qu'ils fassent les trajets par le train, et je fis établir des cartes de réduction pour les quatre.

L'équilibre familial semblait préservé ; cependant, un incident grave survint lors du retour d'un séjour dans le Nord, lorsque l'un des enfants s'écria, avec la voix nasillarde des enfants de cet âge : « *manman, elle a dit que tu nous avais pris pour avoir les allocations familiales* ». Je réagis immédiatement, protestai et justifiai cette indemnité puisque le jugement de divorce, dont je les avais informés, me chargeait de leur éducation.

Les enfants grandissaient : les « grandes » filles entrèrent l'année suivante au collège. Cependant, Sarah, toujours dénommée à l'école primaire sous mon nom, dut admettre qu'on l'appelle par son nom d'origine (reconnue par son père présumé, elle porte un nom algérien), qu'elle connaissait mais ne pratiquait pas : elle rentra du collège très désorientée. Immédiatement, j'intervins auprès de la Principale du collège :

Ma fille adoptive vit dans notre famille depuis sa naissance. Bien qu'elle connaisse son nom d'état-civil, elle ne supporte pas qu'on l'appelle par celui-ci. Pouvez-vous demander que, dans le collège, mon nom soit utilisé pour l'interpeller.

M. Guidée, cela ne m'est malheureusement pas possible. On ne peut déroger au règlement.

Cette circonstance affecta beaucoup Sarah : alors qu'elle était jusqu'alors une élève brillante, elle décida de ne plus accepter d'étudier. Sa scolarité en souffrit : dès la classe de 6ᵉ, ses notes s'effondrèrent, et elle délaissa dès lors toute acquisition scolaire.

Mon amie et moi menions une vie heureuse, fréquentant des amis communs, notamment des étudiants engagés : nous retrouvions les quatre enfants chaque soir ; ils avaient une grande liberté de loisirs, et chacun avait son cercle d'amis. La seule restriction imposée était l'absence de télévision dans notre foyer, qu'ils compensaient en regardant des émissions chez leurs copains. Un détail me préoccupait cependant : les deux « grandes » filles amalgamaient souvent, dans leurs discours, amour, sexualité et séduction. Alors que je savais animer un Groupe d'Information et Education Sexuelle (dans mes interventions au collège), je n'étais pas capable d'éclairer mes filles ! Ne souhaitant pas l'intervention de mon amie sur ce sujet, il ne fut pas abordé.

En milieu d'année, un incident inédit survint : alors qu'un départ dans le Nord pour des petites vacances approchait, les quatre enfants manifestèrent une réticence à se rendre chez leur mère. Selon eux, leur beau-père exigeait qu'ils ne déclinent pas leur identité, ce qui les mettait mal à l'aise ; les deux plus jeunes manifestèrent vivement leur embarras : après réflexion avec des amis enseignants, je les confiai à une psychothérapeute du CMPP (Centre Médico-Psycho-Pédagogique), qui entreprit des entretiens avec eux pour lever l'obstacle. Leur mère rencontra la praticienne à l'occasion de son passage chez moi alors qu'elle venait chercher les enfants : les enfants participèrent à quelques entretiens, puis tout parut rentrer dans l'ordre. Après les vacances d'été, l'alternance entre périodes scolaires et périodes de vacances se rétablit, et les entretiens ne furent pas poursuivis.

Un équilibre s'instaura : période scolaire à Orléans avec le père, fraction de vacances dans la famille maternelle, maintenant composée d'un couple et une fille. La correspondance entre les parents se faisait de manière triangulaire, par l'intermédiaire des enfants, mais elle existait. Ainsi, lorsque Florence subit un accident sportif, elle fut accueillie en convalescence chez sa mère, pendant plusieurs semaines.

Cet arrangement s'avéra fragile ; il n'avait pas été clairement négocié, et mon entente avec mon amie en souffrit. Doucement, sans dispute ni désaccord, elle s'éloigna de moi : un matin, elle m'annonça qu'elle louait désormais un petit appartement, qu'elle aménagea avec des meubles venant de sa famille, et y habiterait désormais. Nous conservâmes un lien amical, qui s'émoussa au fil des années.

En juin, je fus surpris par une augmentation vertigineuse de mes frais téléphoniques. Me renseignant, j'appris que le numéro de leur mère était régulièrement appelé depuis le mien : en fait, Florence formait le projet d'aller vivre avec elle, son mari et sa fille, et elle en négociait les modalités par téléphone. J'en fus stupéfait, et appelai sa mère : celle-ci me déclara « *être au courant* » et « *ne pas s'y opposer* ». Je parlementai ensuite avec ma fille :

Mais pourquoi veux-tu aller vivre chez ta mère ?

Là-bas, c'est mieux qu'ici. Et puis, au moins, c'est bourgeois.

Je déclarai ne pas comprendre le sens de ce discours, et affirmai mon souhait de la conserver près de moi : je lui confirmai que je reconnaissais sa liberté, mais rappelai qu'elle vivait chez moi car un jugement m'avait confié son éducation.

Nous partions quelques jours plus tard en vacances ; selon la nouvelle organisation, les vacances d'été étaient elles aussi partagées, et ces instants de loisir ensemble étaient l'occasion de retrouver une complète harmonie. J'espérai que sa velléité serait, à cette occasion, définitivement abandonnée, mais ce ne fut pas le cas : en fait, trois jours avant la reprise des classes, Florence constitua son bagage, mit dans sa poche le billet de train que lui avait remis sa mère, nous salua sans nous embrasser, ouvrit la porte de l'appartement et partit.

Les enfants et moi étions stupéfaits : elle mettait son projet en œuvre, elle nous quittait ! Chacun resta silencieux, puis partit dormir après un repas frugal. Les jours suivants furent marqués par l'abattement qui nous accablait. Chacun reprit son activité, mais les soirées demeuraient silencieuses. Quelques jours plus tard, les deux filles se rebellèrent contre moi, réclamant le droit d'aller, elles aussi, vivre chez leur mère : vœu qui ne pouvait être exaucé.

Du reste, je devais résoudre les problèmes posés par cette nouvelle donne : Sarah refusait de retourner au collège sans sa sœur, une solution devait être trouvée immédiatement. Je recherchai un collège disposant d'un internat, et demandai son admission au collège de Chateauneuf-sur-Loire : celle-ci fut acceptée, je constituai son trousseau d'interne, et l'y accompagnai.

Mon activité professionnelle ne me convenait plus. La fonction de médecin scolaire m'avait été présentée comme évolutive ; mais je constatai que mes collègues, en majorité des femmes aisées et installées en couple, souhaitaient au contraire sa pérennité. En fait, j'avais accepté sa monotonie pour vivre à proximité des enfants, mais je ne souhaitais plus persévérer dans cette fonction : je pris rendez-vous avec le fonctionnaire de la DDASS chargé du personnel, et lui signifiai ma décision de démission à la fin de l'année scolaire, arguant de motifs personnels : il s'étonna de ma détermination, puis m'indiqua la modalité à suivre.

Les deux années suivantes furent extrêmement vides. En premier lieu, je recherchai un job, puisque ma démission me privait de ressources : sur le conseil d'amis rencontrés au cours des années précédentes, j'acquis un poste d'attaché de Médecine générale au CHSI (°1) de Fleury-les-Aubrais : situation qui m'amenait, en collaborant avec des psychiatres adeptes du courant antipsychiatrique (°2), qui s'organisait à cette époque, à analyser différemment les manifestations des malades mentaux. J'exerçai à mi-temps, pendant cinq matinées par semaine, et participai à des réunions de synthèse avec les équipes du CHSI, où j'apportai le point de vue différent du généraliste.

La vie familiale avait perdu son harmonie. Après un premier mois encourageant, Sarah eut beaucoup de réticence à regagner son collège un lundi matin. Je l'y réaccompagnai, et revis la CPE (°3), qui m'assura que tout allait bien. Cependant, à la fin de la semaine suivante, elle m'interpella par une déclamation si désolée que je me résolus à la retirer de l'internat et l'inscrire dans un collège plus proche de mon domicile.

Hubert poursuivait sa scolarité sans peine, au collège du quartier ; quant à Ghislaine, elle terminait sa scolarité primaire, poursuivant son existence dans un silence total.

Je quittai mon logement de fonction pour un appartement confortable situé en centre-ville : grandes pièces, moquette, quartier plus bourgeois que la Cité Dauphine. Je voulais rompre avec la période, si heureuse, de l'installation à Orléans. Sarah et Hubert conservaient le même collège, Ghislaine entrait en CM2, dans une école proche du nouveau domicile. L'année scolaire se déroula ainsi, rythmée par l'alternance entre les périodes scolaires et les vacances chez leur mère.

Je vécus ainsi de septembre à juin de l'année suivante ; je fis alors le vœu de rejoindre ma mère à Amiens et construire une nouvelle donne.

Amiens

En début d'été, je me rendis à Amiens, où je retrouvai ma mère, ravie de mon retour dans la cité familiale. Je recherchai puis louai, à partir du mois suivant, une vaste maison située sur un boulevard près du centre-ville.

Fin août, j'y amenai mes meubles et objets usuels. Début septembre, les trois enfants, qui étaient en vacances chez leur mère, me rejoignirent à Amiens ; Florence demeurait en banlieue de Lille, mais nous la rencontrerions plus facilement désormais.

La maison, assortie d'une cour, se révéla agréable, et les enfants l'aménagèrent à leur convenance. Les deux grandes filles étaient maintenant des adolescentes, elles s'employèrent à transformer le grenier en mini-discothèque, avec murs noirs et lumière tamisée.

Je tentai de concilier ce changement de lieu de vie avec ma condition professionnelle : obtenant un aménagement de mon emploi du temps, je travaillai à Orléans du lundi matin au mercredi midi, laissant donc les enfants seuls pendant la première moitié de la semaine. Hubert et Ghislaine étaient inscrits au collège du quartier, Sarah restait sans affectation : néanmoins, des amis, connus pendant mes années étudiantes, me conseillèrent de tenter son entrée en apprentissage : programme plus pratique que scolaire, capacité à gagner un salaire, rencontre d'autres jeunes en situation analogue.

Les enfants et moi s'accommodâmes de ce nouveau rythme. Ma mère, bien qu'handicapée et se déplaçant difficilement, était sur place pour conseiller les enfants en cas d'incident. Il ne s'agissait pas cependant d'une solution durable, et je recherchai un emploi stable, à Amiens ou environs : un ami, ancien camarade d'études, m'indiqua la vacuité d'un poste médical au centre d'Examens de santé de Creil, dont un de ses amis était responsable. J'y proposai ma candidature, fus reçu par le Médecin-chef, avec qui je sympathisai ; dès ma nomination, j'y travaillai, et modifiai mes pérégrinations, me rendant désormais quotidiennement d'Amiens à Creil.

Le projet d'orientation de Sarah se définissait : elle accomplirait un apprentissage en restauration, plutôt en service ; ce choix était justifié par son aptitude à établir des contacts, ainsi qu'à les entretenir. Elle devait rechercher un lieu de stage dans le périmètre départemental, le CFA (centre de formation d'apprentis) serait à Amiens.

Le CPES (centre de prévention et d'examens de santé) de Creil était un établissement de la CPAM (caisse primaire d'assurance maladie) de Creil. Il proposait et exécutait des examens de santé préventifs à la population adulte (seize à soixante-cinq ans) du département de l'Oise. Chaque séance se départageait en un bilan pré-clinique (biologie, radiologie), suivi d'un entretien et examen clinique par un médecin du

Centre, qui rédigeait ensuite une synthèse de l'ensemble.

En conclusion : activité répétitive, dans un domaine peu usité en France (la prévention), avec un statut m'assurant la sécurité matérielle. J'avais de fréquentes discussions professionnelles avec le médecin-directeur, qui était syndiqué à un syndicat professionnel ; après m'être renseigné, j'adhérai au syndicat CFDT, secteur Santé-Sociaux : cette adhésion m'attribua une notoriété au sein de la CPAM, car je fus désigné délégué de la section « cadres » de l'établissement.

Fin juin, je décidai de trouver un logement adéquat dans l'agglomération de Creil. Ma recherche aboutit : j'optai pour la location d'un pavillon, avec jardin, situé à Nogent/Oise (Creil, Montataire et Nogent/Oise sont trois villes limitrophes). En juillet, nouveau déménagement, pour installer ma petite famille dans ce nouveau lieu : collège et lycée étaient proches, et la recherche de lieu d'apprentissage pour Sarah aboutissait : un restaurant isolé, à proximité d'Albert, à 35 kms d'Amiens et 60 de Nogent/Oise.

Creil

Mes pourparlers avec le restaurateur de La Boisselle, proche d'Albert, où Sarah entreprendrait son apprentissage en restauration, aboutirent début août. Je l'y accompagnai, convins avec son patron des modalités du week-end suivant, qu'elle passerait avec moi ; les trois autres enfants étaient alors en vacances avec leur mère au bord de la mer Méditerranée.

Ma décision d'orientation semblait valable, et je m'en réjouissais. Les deux semaines suivantes se déroulèrent bien, son chef se déclarait satisfait de son travail et de son comportement. Au troisième week-end, elle demeura à l'hôtel-restaurant le samedi soir, en accord avec son chef et moi-même. Mais je fus réveillé le dimanche matin par les gendarmes, qui m'avisèrent qu'elle avait quitté son lieu de stage pendant la nuit, par effraction car une fermeture était restée ouverte, et qu'il y avait enquête de la gendarmerie.

Catastrophé par cette annonce, je livrai quelques informations aux gendarmes, qui me déclaraient poursuivre leur enquête en lançant un avis de recherche sur la France entière. Avis qui aboutit, puisque Sarah fut retrouvée au bord de la mer Méditerranée, où elle avait rejoint sa famille. En accord avec moi, elle me rejoignit à Nogent/Oise, sans lieu de stage ni de scolarité ; je tentai un débat :

Mais pourquoi t'être sauvée ainsi ?

Une amie est venue me voir l'après-midi ; elle a pris un Coca, et m'a conseillé de partir...

Mais ton projet est démoli.

Oui, je sais, papa. Mais je n'ai pas pu résister...

Cependant, la plainte déposée n'était pas abrogée, et elle fut convoquée au tribunal pour enfants de Beauvais : dès le 20 août, elle fut orientée vers le Service d'éducation spécialisée de l'Oise, et admise dans un Foyer d'adolescents. Son séjour en éducation spécialisée ne fut pas sans dommage : en effet, elle y rencontra des filles de son âge, adeptes de drogues dures : elle pratiqua sur elle-même des injections, avec tous les risques associés, et sa santé ultérieure en souffrit.

Lorsqu'elle atteint sa majorité, elle nous rejoignit à Nogent/Oise : elle entreprit alors une formation en animation, et acquit le BAFA ; elle nous quitta ensuite pour rejoindre sa sœur à Lille.

Mes deux plus jeunes enfants investissaient notre nouvelle demeure. Le collège de Ghislaine était proche, à environ deux cents mètres, elle entrait en classe de cinquième ; le lycée était à la périphérie de l'agglomération, Hubert y entrait en classe de seconde. Travaillant maintenant en journées régulières, de 9 heures à 18 heures, je les retrouvai chez nous chaque soir : je tentai d'organiser un rythme de vie régulier, et leur témoignai une attention et une affection rassurantes. Notre vie repartait d'un bon pied : chacun connaissait son programme, avait ses loisirs et se sentait en sécurité. Et les nouvelles que je recevais de mes deux « grandes » filles semblaient confirmer leur trajet vers une vie autonome.

Mais je demeurai très isolé : ma réflexion m'amenait à souhaiter une seconde union, avec une femme souhaitant une maternité et acceptant ma condition de père célibataire. Je me mis en recherche du prodige qui pourrait me libérer de ma solitude : recherche active auprès de banques de données diverses, qui m'amena à rencontrer plusieurs femmes candidates à une relation matrimoniale complète.

Mon investigation dura plusieurs années, au cours desquelles le découragement succéda souvent à l'allégresse. Je maintins mon projet, sans tenir compte de l'ambiguïté de ma recherche. Car j'attribuai un rôle équivoque à ma future compagne : mère de mon futur enfant ou femme à part entière ?

En 1982, une proposition retint mon attention : une femme jeune, de près de dix ans ma cadette, libre et autonome, s'intéressait à ma quête : notre première rencontre se déroula à Paris, où chacun se rendait souvent, puis la relation s'installa : week-ends puis vacances ensemble, présentation des familles respectives, puis vie sous le même toit (en l'occurrence le mien), et enfin mariage en janvier 1983, vingt ans après ma première union. Ce n'est qu'après notre divorce, puis son décès, que j'ai réalisé que je l'avais entrainée dans une aventure insensée.

Le second ménage

La famille recomposée

Notre projet était complexe : poursuivre l'éducation de mes enfants, mais aussi créer une nouvelle cellule familiale : en particulier, nous souhaitions concevoir un enfant ensemble.

Les modalités de notre vie commune avaient été définies dès le trimestre précédant la célébration du mariage : voyages fréquents vers la Meuse, où ma femme visitait régulièrement sa famille : parents, frères et sœur, habitant tous un joli village logé au fonds d'une vallée, dénommé Rupt-aux-Nonains ; aménagement du pavillon que je louai à Nogent/Oise ; fréquentation des ressources sociales, militantes et culturelles de l'agglomération creilloise.

Alors qu'elle travaillait précédemment en Seine-et-Marne, ma compagne avait obtenu sa mutation à Paris à la rentrée scolaire 1982. Elle occuperait désormais la fonction de rédactrice de documents d'orientation à l'ONISEP (°4). Elle convint avec moi d'habiter ensemble, et d'organiser notre vie en fonction de ses déplacements, possibles facilement par le train. Disposition qui nous paraissait valable, que j'ai présenté aux enfants, contents de sa proximité.

Cette année scolaire débuta avec deux enfants scolarisés : Hubert qui entrait en classe de 1ére au lycée de Nogent/Oise, et Ghislaine qui entamait une classe de 4ème au collège, voisin de notre domicile. Dès le mois de septembre, Sarah, maintenant majeure, nous rejoignit et entreprit son entrée dans la vie active. Cependant, sa présence au foyer était occasionnelle, car elle partageait son temps entre nous et Lille, où elle retrouvait sa sœur. Sœur qui nous visitait quelquefois, s'accordant bien avec ma seconde épouse.

À l'été, j'ai proposé un voyage en Algérie, en itinérant avec la Citroën 2 CV de ma femme. Sarah viendrait avec nous, elle pourrait demeurer quelques jours avec sa mère et sa sœur naturelle (un voyage en Algérie deux ans plus tôt avait préparé cette initiative). Partis d'Amiens, nous gagnâmes Alger ; ensuite, Sarah rejoignit Méchéria avec un ami algérien, pendant que nous déambulions dans l'Algérie, avant de rallier Méchéria ; nous rentrâmes en France par bateau depuis Oran. Séjour bénéfique pour tous.

Notre famille recomposée poursuivait son essor : un garçon en classe de 1ère en lycée, une fille au collège, deux grandes filles éphémèrement là. Cependant, une clause de notre union était la création d'une nouvelle famille : à l'approche de Noël, Fafa (surnom usuel de mon épouse) m'annonça qu'elle était enceinte. Notre projet prenait consistance, la nouvelle fut déclarée triomphalement aux quatre enfants et à nos parents ; dès lors, la progression de cette grossesse devint notre souci principal.

Hubert, expert en mathématiques et en physique, émit le projet de poursuivre, après le bac, en classes supérieures. Cependant, son professeur principal estimait son travail insuffisant pour y prétendre. Je l'encourageai à l'effort, mais il poursuivit une vie insouciante. En fin d'année, son appréciation passable lui permit d'entrer en Terminale C, qu'il décida d'entreprendre à Amiens, où il serait hébergé par ma mère, qui disposait d'un vaste appartement : mutation qui s'effectua à la rentrée scolaire suivante.

Quant à Ghislaine, elle multipliait les absences au collège et le principal décida son exclusion, qu'il justifia par l'absence d'obligation légale de la scolariser. Ceci fut pour ma compagne et moi-même notre première épreuve, que nous tentâmes conjointement de résoudre. Nous savions que Ghislaine, bien qu'à l'aise dans l'existence que nous lui proposions, demeurait envieuse de la liberté dont paraissaient jouir ses sœurs. Souhaitant qu'elle prenne son essor, nous lui avons proposé d'entreprendre un apprentissage : plusieurs lieux de stage étaient possibles à proximité du domicile : à la pharmacie, ou chez le fleuriste, pour un emploi de vendeuse : mais aucune proposition ne lui convint.

Début février, alors qu'elle semblait en harmonie avec son sort – tentative d'insertion dans un métier peu qualifié, fréquentation heureuse d'un garçon habitant notre rue –, elle nous déclare, au lendemain de son anniversaire de 18 ans, qu'elle nous quitte : elle affirme avoir attendu silencieusement sa majorité pour affirmer son indépendance, et retrouver sa mère. Elle est accompagnée d'un garçon de son âge, que nous ne connaissons pas, et s'éloigne dès sa déclamation achevée, sans manifester la moindre marque de tendresse.

Les semaines suivantes furent ardues : le projet initial était écorné, il nous fallait apprendre à vivre seuls, alors que la présence de mes grands enfants avait modelé notre façon de vivre. Je fus informé dans les jours suivants que Ghislaine et son ami avaient erré plusieurs jours dans le quartier, avant de rejoindre mon ex-épouse, qui n'accepta pas de les accueillir : elle nous rejoignit ensuite, nous présenta la famille de son compagnon (mère et sœur), et organisa sa vie entre le Nord et la Picardie.

Cet épisode de ma vie ne dura donc que quelques mois. A la réflexion, je le ressens comme un échec.

Éponine

Notre fille naquit en plein mois d'août, à la maternité de Creil, qui avait suivi toute la grossesse. Nous étions émerveillés de notre réussite : je m'employai à la photographier sous tous les angles et dans toutes les tenues. Après quelques jours, nous osâmes voyager avec elle, et la présenter à notre entourage. Cependant, les congés légaux épuisés, il nous fallut reprendre notre activité : ma femme la confia à une assistante maternelle, salariée de la crèche municipale, qui l'accueillait chez elle en compagnie d'autres enfants. Elle l'y amenait chaque matin, et l'y reprenait chaque soir.

Mes grands enfants acceptèrent leur sœur, mais ne la chérirent pas. Ils poursuivaient leur trajet vers une vie indépendante : Sarah habitait Lille, sa sœur y travaillait ; sa jeune sœur avait élu domicile à Narbonne, chez sa mamie ; Hubert poursuivait le lycée à Amiens. Chacun nous rendait visite occasionnellement, évoluant de manière de plus en plus autonome. Au mois d'avril, Sarah nous rendit visite pour nous présenter son compagnon, sans nous annoncer qu'elle attendait un bébé, qui naquit au mois de juin : une fille, que le couple appela Zineb. Au mois de juin, Ghislaine m'invita à son mariage, célébré à Narbonne ; leur fille naquit deux mois plus tard, qu'ils prénommèrent Nelly.

Notre couple, jusque-là très amoureux, adopta d'autres comportements : partager le souci du bien-être de notre fille, l'associer à notre vie quotidienne et à nos frasques, aménager notre temps en fonction d'elle. Il m'arrivait parfois d'éprouver une certaine jalousie face à l'empressement de ma femme à servir notre fille, mais j'écartais ce sentiment.

Pour être plus disponible, la maman avait demandé sa nomination comme co-psy (°5) dans un collège avoisinant : cependant, elle ne s'y plaisait pas et recherchait une autre affectation : un poste de documentaliste à la DRONISEP d'Amiens était accessible, à la condition de mon investissement dans l'existence familiale.

Je modifiai mon emploi du temps (j'avais quitté mon emploi salarié pour tenter une expérience associative auprès des exilés malades) et demeurai davantage sur place. D'autre part, prévoyant un déménagement à Amiens, je recherchai une activité médicale dans cette ville. Un poste d'animateur en éducation sanitaire, au Comité d'Education pour la santé de la Somme, établissement associatif, attira mon attention : l'entretien avec le Président de l'association gestionnaire fut positif, et je débutai rapidement, tout en résidant dans l'Oise : entretiens traitant de thèmes sanitaires avec des collectivités (notamment scolaires), propositions d'interventions, notamment sur le comportement.

Puis, ce fut le déménagement à Amiens. Vers une maison avec jardin et garage, située dans un quartier périphérique, à proximité d'une école maternelle, où Éponine allait entreprendre sa scolarité. Moi-même cessai l'activité à laquelle je participai à Paris. Je poursuivais bien entendu ma fonction de propagandiste de la santé, et participai, d'abord bénévolement puis comme salarié, à un organisme associatif enseignant la langue française à un public varié, composé de citoyens illettrés et de migrants.

Début 1988, ma femme m'informa d'un début de grossesse. Annonce qui me remplit de joie. Les mois suivants furent consacrés à la préparation de la naissance : nous étions tous les deux âgés, et cette grossesse n'était pas anodine. Une surveillance attentive fut mise en place, tandis que notre ainée grandissait et progressait. Courant octobre, le frère d'Éponine naquit, prénommé Yves-René.

La famille s'étoffait : nos deux enfants, mes deux petites-filles : une nouvelle « bande des quatre » (surnom dénommant les « quatre grands » à l'école primaire ou en colonie de vacances) se constituait, qui vécut de nombreuses péripéties au cours des années suivantes.

Les deux foyers

Au cours de la décennie suivante, chaque groupe familial se développa de façon indépendante. Le groupe paternel habitait Nogent/Oise, élevait ses deux enfants et accueillait fréquemment l'une ou l'autre petite-fille, ou les deux ensembles.

Ma femme avait hérité, par donation, d'une habitation dans le village de ses parents, vaste et pleine de charme : nous nous y retrouvions, en w-e ou en vacances, parfois aussi avec ma mère ou d'autres personnes. Quant à la famille de mon ex-épouse, elle s'était agrandie et comptait maintenant deux enfants, une fille et un garçon.

Ma fille Florence, née à Narbonne et sensible au charme du Midi vanté par ma mère et mes sœurs, décida d'élire domicile dans les Cévennes, où elle estimait pouvoir vivre de petits boulots et sans confort. Quelque temps plus tard, Ghislaine, divorcée de son mari, l'y rejoignit avec sa fille : elles vécurent ainsi, pendant quelques années, dans les Cévennes profondes. Plus tard, Florence fréquenta un homme, qui devint son compagnon : ils eurent ensemble une fille, qu'ils nommèrent Justine. Nous leur rendions visite en été, demeurions quelques jours avec elles : occasions de reconstituer en partie la grande famille.

Sarah, elle, vivait toujours à Lille, où elle connaissait de graves difficultés : son compagnon l'avait quitté, sa fille grandissait, et avait besoin d'un cadre pour s'épanouir. Je tentai une aide matérielle, notamment la location d'un appartement, mais celle-ci ne suffit pas ; la situation se détériorant, Zineb vint vivre au sein de notre famille, en vertu d'une décision du juge des enfants ; elle retrouva sa mère ensuite, dès que celle-ci obtint un logement stable.

Hubert, quant à lui, entreprenait des études supérieures en faculté de Sciences, sans projet professionnel précis : amené à exercer la fonction de surveillant d'internat, il envisagea de poursuivre une carrière d'enseignant.

Peu après le décès de ma mère, je repris un emploi stable, dans le domaine du soin, à distance d'Amiens – dans le Pas-de-Calais et en Seine-st-Denis. Dès lors, je quittai la maison tôt le matin, et ne la retrouvai que tard le soir : notre intimité en souffrit, et nous dûmes constater que nous étions moins aptes à recevoir mes petites-filles ; notre souci était maintenant, en priorité, de réussir l'éducation de nos propres enfants : Éponine, qui entrait au lycée, Yves, qui paressait au collège et devait être stimulé pour y progresser.

Sarah poursuivait son existence à Wasquehal, commune où vivait sa mère adoptive, sans réelle activité professionnelle, percevant les minima sociaux. Elle consommait maintenant des bières fortes, mais avait abandonné la pratique de drogues dures. Souvent souffrante, elle manifestait des symptômes d'intolérances digestives diverses, qui conduisirent à une hospitalisation : les investigations conclurent au diagnostic d'insuffisance hépatique pré-cirrhotique, avec une double étiologie : infection par le virus C, compliquée d'une intoxication alcoolique. Louise et moi nous interrogeâmes distinctement sur l'origine de cette affection : transfusion lors de la naissance de Zineb, selon sa mère, complication d'injections sales selon moi.

Ainsi, six itinéraires différents se dessinaient pour mes enfants : deux filles vivant à la Robinson Crusoé dans les Cévennes, un fils étudiant envisageant l'enseignement, une fille en mauvaise posture sanitaire ; et deux enfants jeunes poursuivant leur scolarité.

Soucis de santé

Sarah

Les hospitalisations de Sarah se succédaient, suivant un protocole immuable : sevrage de la bière, reprise de l'appétit et recouvrement de son magnifique teint ambré, redressement rapide de l'état général : après chaque épisode, je reprenais espoir, et sollicitais le chef de service de gastro-entérologie du C.H. de Roubaix pour qu'il entreprenne un traitement antiviral pour anéantir le virus qui la minait. Cependant, l'alcoolisation reprenait dès son retour au domicile, et les rémissions restaient incomplètes. L'insuffisance hépatique devint cirrhose, irréversible ; dès le début du nouveau siècle, l'ascite compliqua sa vie : ses déplacements, la tenue de son logement, son urbanité.

La vie familiale devint infernale pour Zineb : elle trouva refuge chez sa grand-mère adoptive, qui résidait à quelques centaines de mètres. C'est sous l'autorité de celle-ci qu'elle accomplit sa scolarité en collège, puis en lycée.

A l'issue d'une hospitalisation, je tentai d'accueillir Sarah, avec le projet de poursuivre le sevrage engagé à l'hôpital et de le compléter par une thérapeutique spécifique et une thérapie adaptée : elle manifesta une colère violente et exigea que je la reconduise sur-le-champ à son logement. Au cours des années suivantes, mon accompagnement ne fut qu'amical, je renonçai à juguler le mal qui la minait.

Elle décéda d'une complication aigue, à la fin de la première décennie du nouveau siècle. Ses obsèques, civiles, se déroulèrent à Wasquehal, où elle résidait ; sa mère adoptive les organisa et reçut les invités. Ce n'est qu'alors que je fis connaissance de son habitation et de son mari : celui-ci me parut en mauvaise santé, mais n'échangea guère avec moi.

Fafa

À l'âge de 50 ans, Fafa découvrit, par inspection et palpation, une grosseur au niveau du sein gauche. D'abord paraissant anodine, celle-ci l'inquiéta ; elle en fit part à son gynécologue, qui prescrivit aussitôt des examens paracliniques : mammographie et cytologie indiquèrent la nature de cette tumeur : un cancer du sein.

La parade fut aussitôt mise en place : rendez-vous avec le chirurgien, prévision de thérapeutiques complémentaires : l'intervention consista en une mammectomie, très invalidante et cause de séquelles intimes. Elle fut suivie de séances de radiothérapie, qui se déroulaient certains matins, avec ses conséquences somatiques : alopécie, altération du visage, fatigue. Un voyage familial en Palestine était programmé, il fut maintenu, et nous partîmes en famille passer la fête de Noël à Bethléhem. Après cette diversion, Fafa entreprit une réfection mammaire, puis la vie reprit comme antérieurement.

La surveillance mise en place amena à déclarer la rémission de l'affection maligne au bout de cinq ans. Se considérant guérie, Fafa suspendit les contrôles après notre divorce : cependant, une récidive, aggravée d'un lymphome, l'emporta vingt ans plus tard.

Décès qui survint le jour de ses 70 ans, alors qu'elle demeurait à Bar-le-Duc, où elle s'était retranchée après notre séparation.

Éponine

Éponine, jeune collégienne, préparait son entrée au lycée ; ces derniers mois, son teint s'était altéré, et elle se déclarait fatiguée au moindre effort. Comme le prévoit le parcours scolaire, une visite médicale fut programmée : le médecin de santé scolaire constata son teint brouillé, ainsi qu'une splénomégalie, et rédigea un « *avertissement* » destiné aux parents, conseillant des investigations.

Le médecin de la famille (un couple médecin franco-libanais) entreprit celles-ci : examen clinique confirmant l'observation du médecin scolaire, examen biologique explorant la qualité sanguine. Le diagnostic retenu fut : anémie hémolytique, et orientation vers un service spécialisé du CHU ; l'équipe du CHU conclut au diagnostic de maladie de Minkowski-Chauffard, affection d'étiologie génétique caractérisée par une anémie, souvent compliquée de lithiase biliaire. Le traitement en est la splénectomie, qui améliore l'affection de manière radicale.

A l'adolescence, la splénectomie est une intervention bénigne ; elle doit être complétée par une vaccination programmée, immunisant contre des germes infectieux (essentiellement pneumocoques et méningocoques) et une antibiothérapie préventive, pour contrecarrer la survenue d'infection intercurrente. L'intervention fut pratiquée aux vacances pascales, la prise quotidienne d'oracilline fut instituée dès 1998.

Les années suivantes, aucun incident ne troubla la croissance de notre fille. Elle adopta, sur le conseil de son médecin gynécologue, la prise d'une pilule hormonale, pour atténuer l'acné juvénile qui la gênait ; plus tard, ce traitement fut aussi sa contraception.

Lorsqu'elle atteint l'âge de dix-huit ans, la pédiatre qui la soignait depuis l'adolescence déclara que la prise préventive d'antibiotique n'était plus nécessaire : je m'en étonnai, considérant son corps gracile qui n'était pas celui d'une adulte, mais elle maintint son conseil. Durant l'été, sa pilule hormonale fut sa seule prescription, et elle entama en septembre sa classe de Terminale.

Désastres en série

La mort d'Éponine

An 2003 : Éponine, jeune adolescente, aborde ce siècle heureuse et rassurée quant à sa santé : après une classe de 2e brillante, puis une classe de 1ère où elle confirme son intérêt pour la littérature française et l'histoire, elle poursuit une année de Terminale ; vive et libre, elle prend en main son existence ; ainsi, sa matière faible étant l'apprentissage des langues étrangères, sa mère l'inscrivit en stage d'anglais : elle en revint dix jours plus tard, sans avoir progressé en anglais mais au bras d'un boy-friend avec lequel elle avait fait connaissance là-bas.

Ses nombreux ami.e.s appréciaient sa gaité et son charisme. Dès qu'elle en fut physiquement capable, elle multiplia les sorties, ainsi que des pratiques sportives, telles que natation et patinage ; elle y rencontra un « *ami de cœur* », Aymeric, qu'elle accueillait parfois à la maison, dont il devint quasiment membre.

Au lycée, elle accomplit un travail transversal avec deux amies, décrivant « *l'identité d'une ville à travers le sport* » : reportage présentant les richesses architecturales d'Amiens, ainsi que la pratique locale de différentes disciplines sportives ; analyse de la relation entre l'essence d'Amiens et les pratiques sportives s'y exerçant, dont plusieurs interviews, confirmant son ambition d'être plus tard journaliste.

18 juin 2003 : la maisonnée s'éveille : le fils part rejoindre son collège, la fille se prépare à gagner l'épreuve d'Histoire du baccalauréat, la mère gagne le local de la DRONISEP, le père se hâte vers la gare SNCF où il prend le train pour se rendre en région parisienne : une matinée semblable aux autres, qu'aucune anomalie ne vient troubler.

La journée s'écoule. Après-midi, le fils rentre du collège, la mère quitte l'ONISEP et rentre à son domicile ; puis Éponine, satisfaite de sa partielle de baccalauréat, la rejoint : elle se plaint de céphalées et de nausées, sa mère lui conseille de se reposer ; quelque temps après, sa plainte s'amplifiant, sa mère s'inquiète et l'interroge, puis prend sa température : elle est fébrile, et abattue : elle m'appelle alors sur mon portable :

Éponine rentre de son épreuve du bac, elle est fiévreuse ; elle a mal à la tête et est nauséeuse : ce ne peut être une méningite, elle est vaccinée contre cette affection...

Certes, elle a été vaccinée, mais le vaccin ne protège

pas contre tous les germes. Fais-lui prendre un Doliprane, et si les symptômes persistent, appelle les Urgences du CHU. Peux-tu rentrer vite, elle m'inquiète.

Eh Bien, je suis en train de consulter ; mais je fais le nécessaire pour revenir vite.

Je termine en hâte la consultation et me rends au métro, puis à la gare SNCF ; le train suivant n'est que 30 minutes plus tard… Arrivé à Amiens, je m'élance vers notre domicile : j'y rencontre Aymeric, qui me rassure : elle se repose. Sa mère me confirme : notre fille dort maintenant, inutile de la réveiller. Au petit matin, je retrouve ma femme au chevet de notre fille : celle-ci dort encore, mais son visage est semé de tâches : je déclare nécessaire d'en avertir la pédiatre, puis rassemble mes affaires pour une nouvelle journée.

Sans prendre conscience de la gravité de l'état d'Éponine, je me dirige vers la gare d'Amiens pour prendre le train jusqu'à ma destination. Arrivé là-bas, je suis apostrophé par la secrétaire du service :

Docteur, on vous demande au téléphone. C'est très urgent. Je saisis le combiné :

Bonjour, Docteur X, au SMUR d'Amiens : je suis au domicile de votre fille, qui est dans un état gravissime : je la transfère au C.H.U. Veuillez rentrer d'urgence à Amiens.

Mais… Que se passe-t-il ?

Rentrez d'urgence, ne tardez pas.

Je remets mon vêtement, dis quelques mots à la secrétaire et me précipite vers le métro, puis recherche un train vers Amiens. Près de deux heures plus tard, j'arrive à destination, file chez moi, prends ma voiture et gagne le C.H.U. Arrivé là, un médecin m'informe :

Votre fille est en salle de réanimation, elle est en état de choc.

En état de choc ? choc anaphylactique ?

Non, choc infectieux. Elle se trouve dans la salle de gauche, votre femme est auprès d'elle.

Éponine gît dans un lit, elle semble inconsciente. Sa mère est auprès d'elle, elle est effondrée, et s'approche de moi :

Jacques, je n'en peux plus ; je l'ai veillée pendant toute la nuit ; relaye-moi auprès d'elle, je rentre me reposer.

Bien, vas-y. Je te tiens au courant.

Je m'installe au chevet d'Éponine : elle est calme, son visage est serein, elle dort paisiblement. Pendant l'après-midi, les infirmières viennent lui administrer des médicaments, directement dans le tuyau de perfusion. Plus tard, elles me demandent de m'absenter car elles doivent opérer une dialyse rénale. Vers 20 h, je me rends à la cafétéria pour me restaurer. A mon retour, je suis surpris car ses mains sont glacées ; une infirmière s'approche de moi et me déclare : « *dans tous les cas, elle conservera des séquelles de cet état* ». Je comprends que sa situation est sans appel.

Vers 1h 30, je demande à quitter ma garde : je me rends chez moi, ma femme est hagarde, je ne parviens pas à l'éveiller. Vers 3h 30, un appel téléphonique m'avertit de la mort d'Éponine. On me demande d'apporter les vêtements et bijoux qu'elle portera lorsqu'on la mettra en bière : je les rassemble avec sa mère et vais les porter.

Les heures suivantes furent terribles : je me maintins éveillé grâce au tabac : je bourrai pipe sur pipe avec du tabac Amsterdamer, je préférai cette pratique à une alcoolisation, qui m'aurait rendu incapable. Au petit matin, je réveillai ma femme et lui répétai ce qu'annoncé à 4 heures : elle comprit mon message, et me répéta avec insistance : « *dans ces conditions, organise les obsèques à Rupt-aux-Nonains* (son village natal) ». Je pris ensuite une douche, puis déjeunai copieusement. Notre fils apparut vers 8h 30 :

Bonjour Papa. Comment va Éponine ?

Yves, elle est décédée cette nuit, vers 3 h du matin.

Ma déclaration le frappe de plein fouet, il ne sait que répondre, il n'a pas complètement compris mais se terre dans un coin de la pièce.

Au cours des heures suivantes, je circule de mon domicile à la morgue de l'hôpital, puis au siège de la société de Pompes funèbres qui se chargera des obsèques. Je les organise en tenant compte de la demande de la maman. Rappelons les modalités en usage lorsque le décès est secondaire à une infection grave : *le cercueil, en plomb, est fermé dès l'heure qui suit le décès ; l'inhumation doit avoir lieu 24 heures au moins et 6 jours ouvrables au plus après le décès.*

Dans la matinée, je rédige un avis de décès, que j'adresse à nos familles et aux proches. Le lycée est également averti, d'autant plus que l'administration d'un traitement préventif est utile à tous ceux qui l'ont approché la veille ou l'avant-veille. J'annonce le décès également à la pharmacie de mon quartier, et commande une provision de rifampicine, destinée aux proches qui le désireraient. Mes grands enfants sont alertés, ainsi que mon ex-épouse ; celle-ci me propose d'accompagner Sarah à mon domicile, car elle est catastrophée par l'annonce de cette mort, et souhaite venir quelques minutes à Amiens avant notre départ pour la Meuse.

Dans les heures qui suivent, Fafa et moi nous agressons copieusement :

Tu n'as pas été capable de soigner notre fille. Pourquoi es-tu parti à Montreuil/Bois (mon lieu de travail) *alors qu'elle était souffrante ?* me dit-elle.

Mais pourquoi ne m'as-tu pas prévenu qu'elle allait mal durant la nuit ? répliquai-je.

Tu dormais, je n'ai pas su te réveiller.

Chacun se recroquevilla sur sa peine immense. Et nous étions incapables de venir au secours de notre fils, qui gémissait dans un coin de la pièce.

Durant les heures suivantes, je fus occupé par la préparation de la cérémonie d'obsèques. Ma belle-sœur, qui demeure dans le village familial, prit les contacts nécessaires localement ; elle prépara un service funèbre avec l'autorité catholique locale, pour une cérémonie le mardi suivant. Le lendemain, toute notre assemblée se rendit à Rupt-aux-Nonains pour celle-ci.

Les obsèques d'Éponine

Mardi matin : la famille et les amis invités par le faire-part sont rassemblés devant l'église de Rupt-aux-Nonains : mes frères et sœur, mes enfants adultes, la famille de mon épouse, notre couple et notre fils. Tous sont graves, chacun a été surpris par l'annonce du décès. Puis, l'office religieux est célébré, suivi de déclarations, notamment d'une cousine de notre fille, qui sut rappeler son souvenir.

C'est ensuite le trajet, en procession, vers le cimetière du village. Le convoi funèbre nous précède, la foule suit à petits pas. Le caveau de la famille de ma femme est ouvert ; le cercueil y est descendu, et c'est l'heure du recueillement : je déclame alors le texte suivant :

« Éponine, tu savais très bien me taquiner et me mettre en colère, par exemple en me reprochant de manger trop et de priver mes enfants...

Tu savais protester contre les désaccords de tes parents, tout en sachant que tu étais au centre de nos ressentiments, et apprécier que nous nous aimons beaucoup...

Tu aimais croquer la vie, la musique, l'amour. Sur ce sujet, tu étais intarissable, et je m'en irritai parfois...Moi, je t'opposai mes certitudes d'adulte, invoquai le travail, l'argent,

116

le militantisme, et prétendais te rendre « raisonnable ».

Mais qu'est-ce-que la raison ?

Éponine, tu personnifies l'amour, et c''est ce qui est le plus précieux. »

Ma sœur Françoise aménagea un buffet après la cérémonie, où chacun se restaura avant de rejoindre sa résidence. Nous avons confié Yves à des neveux, Frédéric et Corinne, avant de rejoindre Amiens. Car nous devions inscrire notre fils en Lycée professionnel. A la fin de l'année scolaire précédente, le Conseil de classe nous avait offert le choix entre un redoublement ou le passage en classe de 3e de lycée professionnel, et nous avions choisi cette option, estimant qu'un nouvel environnement pourrait lui donner de nouvelles ambitions. Il fallait sans tarder procéder à son inscription dans ce nouveau cadre.

Durant les mois de juillet et d'août, je circulai en voiture entre la Meuse et la Somme, indifférent à la canicule qui sévissait alors. Isolé dans mon véhicule, évitant tout contact et tout échange, je résistai à la peine qui m'envahissait. Ma femme demeurait dans notre maison, se rendait chaque jour sur la tombe, était sans ressort. Notre fils, revenu vivre avec nous, restait plongé dans le silence. Un après-midi de juillet, je le remarquai en train de fumer une cigarette exhalant une odeur âcre :

Mais que fumes-tu ?

C'est du cannabis. C'est un copain qui me l'a donné. Papa, ne t'inquiète pas, ça me fait du bien, ça m'empêche de penser à Éponine.

Mais c'est dangereux. Et puis, c'est interdit...

Papa, laisse-moi, j'en ai besoin.

Sur-le-champ, je n'interdis pas ce recours, et appréciai même qu'il ait trouvé une parade à sa douleur.

Le 15 août, alors que nous étions éloignés l'un de l'autre, ma femme m'écrivit ces mots prémonitoires :

« *Jacques,*

si je parais froide et insensible, c'est pour ne pas trop souffrir (...,), je n'ai pas de raisons « raisonnables » à te donner pour justifier que je ne veux plus vivre quotidiennement avec toi (...) nous avons assez tergiversé, essayé de croire que nous pourrions surmonter nos divergences, renforcer notre couple (...) Jacques, tu m'avais apporté les biens les plus précieux : la tendresse, la sécurité affective, et surtout nos enfants. Je te remercie de tout mon cœur. Je n'oublierai jamais les moments de vie et de bonheur que tu m'as accordés. »

Début septembre, nous avons ensemble regagné Amiens : ma femme reprenait son poste à la DRONISEP, Yves entrait en 3e professionnelle au lycée Montaigne ; moi-même, incapable de reprendre le travail, prolongeai mon arrêt-maladie (je ne repris d'ailleurs jamais mon service, faisant valoir mon droit à la retraite en février suivant).

Au cours des mois suivants, chacun de nous trois chercha refuge dans son occupation : la maman demeura du matin au soir dans les locaux de la DRONISEP, le fils s'appliqua à s'intégrer dans son parcours scolaire, moi-même repris diverses activités : vacations à la Direction du Travail, permanences d'aide juridique au MRAP de Paris. Je consacrai mon énergie à la mise en chantier d'un document audiovisuel racontant la vie d'Éponine : recueil de photos, films et textes pouvant illustrer le récit de sa vie.

Le désarroi d'Yves

À la rentrée scolaire, Yves débuta une 3e professionnelle au lycée Montaigne, à l'autre extrémité de la ville d'Amiens : trajets en bus, changement de véhicule à la gare ; après-midi, j'allais parfois le chercher à la sortie des cours. Il y eut rapidement une bande de copains, jeunes de son âge, la plupart habitant le quartier Nord. La décision de le changer d'établissement semblait positive.

Parmi ses copains, certains fumaient, notamment le produit expérimenté à Rupt-aux-Nonains : ils lui en fournirent, et lui indiquèrent comment se ravitailler régulièrement. Cette initiation à la fumette de shit (résidu de cannabis) ne nous apparut pas d'emblée dangereuse, d'autant que cela se passait hors de notre logis. Certes, Yves nous demandait des subsides, mais nous l'excusions, contents de le voir progresser.

Ses résultats scolaires étaient médiocres, et chacun de nous deux rencontra à plusieurs reprises son professeur principal : qui nous déclara que l'ensemble de la classe, à faible effectif, était de bas niveau, mais qu'il n'y avait pas lieu de s'inquiéter. À la fin de l'année, la passation du Brevet des collèges fut proposée, et nous encourageâmes Yves à s'y présenter : il refusa, déclarant que cet effort supplémentaire était superflu, et nous acceptâmes sa décision.

En juin, la décision d'orientation fut la poursuite de la scolarité, en classe de seconde pour la préparation du BEP d'usinage : nous avons souscrit à celle-ci, satisfaits de voir confirmé l'engagement de notre fils dans une filière, à l'époque pleine d'avenir. Pendant les deux années suivantes, il se rendit au Lycée Montaigne, avec cartable et trousse d'outils : programme scolaire, et apprentissage en atelier des techniques utilisées en usinage : le tournage, le fraisage, le perçage-alésage-taraudage, la rectification.

Deux années de formation, au cours desquelles Yves, maintenant adolescent, s'initia aux pratiques de jeunes de son âge : notamment au recours au shit, reconnu d'abord comme « récréatif » mais comportant des risques d'altération psychique. Il avait repéré des sources de ce produit, qu'il achetait à la sauvette à la sortie du lycée. Nous le savions, mais ne parvenions pas à prendre conscience du danger que cela représentait.

En fin d'année scolaire, Yves fut reçu au BEP d'usinage, à ma surprise car je considérais insuffisant son apprentissage de ce métier ; nous eûmes alors une longue discussion sur son avenir : sa mère demanda le concours d'une de ses collègues, qui exerçait en C.I.O., qui préconisa une préparation du Bac-pro d'usinage. Celui-ci était programmé, dans notre académie, au lycée Paul Langevin de Beauvais. Son inscription à la préparation de ce diplôme fut immédiatement mise en œuvre.

À la rentrée 2006, je l'accompagnai au lycée Paul Langevin de Beauvais, où il serait interne, accompagné de sa trousse d'outils et de son trousseau d'interne. Cette première année de Bac-pro fut compromise du fait d'une déficience physique : à la suite d'un accident de motorbike, Yves s'était fracturé une clavicule et fut dispensé d'atelier pendant plusieurs mois. L'année fut sanctionnée d'une proposition de redoublement, que nous avons refusé : il débuta sa seconde année dans des conditions qui ne permettaient guère un succès. Il demeura lycéen jusqu'en juin, mais le diplôme lui fut refusé.

De retour à Amiens, j'ai tenté de le convaincre de ne pas rester oisif. Je lui proposai de s'inscrire à la Mission Locale pour l'emploi des jeunes ; ce qu'il fit, et un « tuteur » entreprit d'encadrer sa recherche. Mais Yves accueillit ce tutorat de mauvaise grâce, ne construisit aucun projet et resta sans perspectives. Quelque temps plus tard, sa mère, partie habiter dans la Meuse, le convainquit de l'y rejoindre, prétendant possible d'engager un apprentissage en alternance. Très rapidement, il fit son bagage et partit. Plusieurs mois plus tard, il débuta un stage.

Il me rendait visite un w-e sur deux ; j'étais content de le retrouver, nous devisions ensemble, lui sortait beaucoup, me déclarait retrouver ses copains. Il se disait satisfait de sa vie dans la Meuse, son apprentissage se déroulait à Bar-le-Duc pour la partie pratique et à Saint-Dizier pour la partie théorique en Centre de formation d'apprentis (CFA). Ce n'est que plus tard que je compris que ses trajets de la Meuse à la Somme avaient d'autres motifs que sa visite à ma personne.

Ignorant des conditions dans lesquelles il vivait à Bar-le-Duc, je fus surpris, un lundi après-midi de 2012, par la présence de policiers à mon domicile : ils me présentèrent la commission rogatoire leur ordonnant de perquisitionner mon logement ; mon fils avait été surpris la veille, au sein de la Gare de l'Est, avec un sac rempli de produits illicites. Il avait été interrogé au Quai des orfèvres, était placé en Garde à vue, serait jugé dans quelques mois. Il retourna ensuite dans la Meuse, et le jugement eut lieu au Palais de justice de Paris quelques semaines plus tard : j'y assistai et fus consterné par l'argumentation qu'il développa : selon lui, son délit serait la conséquence du décès de sa sœur.

Je le priai alors de revenir vivre avec moi, mais il refusa et retourna dans la Meuse, où il amplifia ses activités délétères. En avril 2013, il fut de nouveau interpellé, à Bar-le-Duc, pour trafic de produits illicites (transport et vente), et condamné à une détention dont quinze mois fermes. Je m'attachai à le visiter à sa prison une fois par mois : sa mère, habitant désormais Bar-le-Duc, le voyait plus souvent ; cette détention fut pour lui une épreuve indéniable. Libéré en avril 2014, il vint immédiatement à Amiens, où il entreprit sa réinsertion dans le monde commun.

Celle-ci fut longue et délicate : sevrage des produits en cause, rétablissement des facultés physiques, réinsertion sociale, recherche de ressources et des attributs matériels de l'indépendance. La première étape fut l'acquisition du permis de conduire ; la seconde fut le constat de la réalité du marché de l'emploi, et l'acceptation d'emploi non qualifié ; la troisième, encore en cours, est la capacité à mener une vie pleinement heureuse.

La séparation du couple

Depuis le décès d'Éponine, le couple ne parvenait plus à retrouver la quiétude. Chacun se réfugiait dans l'examen de sa souffrance ; nous ne sortions plus, ne fréquentions plus amis ni collectivités. Les week-ends étaient consacrés à nous rendre à Rupt-aux-Nonains, où nous visitions, le plus souvent séparément, la tombe de notre fille.

En 2004, je tentai de réagir contre cette attitude négative, dans laquelle nous entrainions notre fils. Étant maintenant retraité, je disposai de temps libre, ainsi que de ressources régulières : je décidai d'accomplir des actes significatifs pour le souvenir de notre fille.

Première initiative : à l'occasion de l'achat d'un petit terrain situé derrière notre maison, j'envisageai d'y constituer un petit verger, dédié à notre fille : à l'occasion de la Ste Catherine, très célébrée en Lorraine, j'achetai des plants pour le réaliser, puis sollicitai mon beau-frère pour les planter.

Notre logement comportait deux maisons, dont l'une, plus petite et restée inoccupée, a toujours été désignée comme étant la « *maison d'Éponine* ». Je proposai d'en faire refaire la toiture, très délabrée, puis d'aménager son intérieur de manière fantaisiste, à la manière du caractère bohème de notre fille : un prêt fut engagé, la toiture fut refaite ; au cours des mois suivants, je consacrai l'ensemble des journées que je passai dans la Meuse à inventer cet aménagement.

Après plus d'un an d'efforts, l'habitation fut entièrement rénovée. Quelques travaux, nécessitant l'intervention de professionnels, étaient nécessaires avant de l'habiter. Je souhaitai une inauguration en grande pompe, dès ceux-ci réalisés, et attribuer à cette résidence un statut particulier commémorant le souvenir de notre fille.

Cette inauguration n'eut jamais lieu, le complément de travaux pouvant rendre le pavillon habitable n'étant toujours pas effectué. En effet, c'est à ce moment-là que mon épouse me déclara notre séparation et le gel de toutes nos initiatives. Décision en fait prévisible : lorsque nous étions à Amiens, elle ne rentrait à notre domicile que tard le soir depuis le début de la scolarité d'Yves à Beauvais ; ensuite, elle ne rentra que les week-ends où Yves nous rejoignait ; puis, elle ne rentra plus du tout. C'est alors que j'interrogeai Yves, qui me déclara qu'elle l'avait informé de notre séparation.

Au cours de la semaine suivante, je me rendis au Palais de justice pour consulter le Juge aux Affaires matrimoniales : il me fut conseillé de demander une séparation de fait, que je fis sur-le-champ. Ma femme fut convoquée par le Juge, et la séparation fut actée. Elle me déclara sa désapprobation de ma démarche : je lui répondis que celle-ci était la conséquence de notre situation, mais ajoutai qu'elle était réversible si nous parvenions à la dénouer. Quelques jours plus tard, l'acte fut rédigé et publié, il me donnait droit à une pension alimentaire pour l'entretien du domicile et l'éducation de notre fils. Nous vécûmes ainsi pendant plusieurs mois ; ensuite, elle fit valoir ses droits à la retraite, et partit s'installer dans la Meuse, dans la maison qu'elle y possédait, auprès de sa famille.

Fin novembre, un huissier vint m'apporter une requête en divorce, selon laquelle les deux époux « *acceptent le principe de la rupture du mariage sans considération des faits à l'origine de celle-ci* » : une tentative de conciliation fut programmée en mars 2008, le divorce fut prononcé en novembre 2008. J'avais demandé, par l'intermédiaire de mon avocat, que me soit attribuée la propriété de la « petite maison d'Éponine », à titre de « soulte ou récompense pour les travaux que j'y avais effectué », mais l'acte de propriété ne fut jamais établi.

En mai 2009, sa mère demanda à Yves de la rejoindre dans la Meuse. Il y entreprit un apprentissage en alternance, et s'y livra d'autre part à des opérations délictueuses, sanctionnées par une mise en détention, dont il fut libéré en avril 2014, date où il élut domicile à Amiens.

Les années suivantes, chacun resta dans l'ignorance de l'autre. Demeurant à Amiens, j'étais désorienté et tentai, sans réel succès, une reconquête féminine ; mon ex-épouse se terrait à Bar-le-Duc ; notre fils, satisfait d'avoir quitté la Meuse, poursuivait son effort de retrouvailles avec la communauté française.

Yves et moi allèrent à Bar-le-Duc en juin 2016 : ce voyage était nécessaire, j'en avais repoussé la date, car je craignais qu'Yves n'y retrouve certains acolytes de ses anciennes frasques. Nous l'avons retrouvée malade, et en rejet de sa situation. Rassurés par ce qui nous paraissait une réconciliation, nous convînmes ensemble d'une conversation téléphonique régulière ; mais cette résolution ne dura guère, et elle décéda un an plus tard.

L'abandon des grands enfants

Au début de la décennie 2010-2020, je constatai que ma relation avec mes grands enfants se modifiait : certes, depuis qu'ils avaient pris leur envol, elle n'était pas étroite : je me contentai de leur donner et de recevoir quelques nouvelles, conversant avec eux sur des sujets divers, notamment d'actualité ou de leur vie loin de moi. Ainsi, avec mon fils, nous avions mis en place une procédure : nous nous appelions alternativement, chaque week-end : notre conversation allait au-delà du temps qu'il faisait ou des soucis de l'avenir de nos enfants respectifs ; Florence, elle, m'informait de ses projets professionnels, en particulier ses interventions auprès de groupes et ses projets d'art-thérapie ; Ghislaine, dont l'insertion sociale était plus problématique, m'informait de ses initiatives, ou de son soutien à des associations revendicatives. Avec chacun, ce bavardage cessa brusquement, sans préavis.

Ce n'est qu'incidemment, par l'un d'eux, que j'appris le décès de leur beau-père, alors qu'il était survenu depuis déjà quelque temps : selon ce que j'en savais, leur lien avec lui n'avait jamais été très amical, et, en première analyse, cette nouvelle ne m'intéressa guère. Cependant, elle fut suivie d'une autre information : leur mère quittait le Nord, et allait demeurer en région parisienne, pour se rapprocher de ses deux enfants, qui y étaient maintenant installés. Ne me considérant pas concerné par cette circonstance, je n'y attachai pas non plus une grande importance. Cependant, la nouvelle résidence de leur mère devint leur centre d'intérêt et leur pôle d'attraction. J'en ai beaucoup souffert, car ma relation avec eux en fut considérablement changée.

Depuis mon divorce en 2008, j'avais besoin de l'affection de tous mes enfants. Je tentai de maintenir le lien familial, notamment en programmant des séjours chez eux, ou en accueillant mes petits-enfants. Ainsi, les enfants d'Hubert venaient chez moi par groupe de deux alternativement, pendant les petites vacances : ils venaient en train, j'allai les chercher à la gare Montparnasse et les ramenai en Charente-maritime après une semaine. Cependant, mon fils me demanda, en 2017, d'aller les chercher puis les ramener chez leur grand-mère, que je n'avais pas vue depuis les obsèques de Sarah en 2009 ; ce fut leur dernier séjour chez moi, puisque cette disposition fut abrogée ensuite.

En 2016, j'allai voir Ghislaine à Montpellier, alors qu'elle quittait un logement provisoire avant de prendre un nouvel essor : je lui apportai l'ensemble de mon matériel photographique, souhaitant l'inciter à reprendre cet art qu'elle pratiquait avec virtuosité. Je ne reçus aucune nouvelle des effets de cette initiative ; du reste, quelques mois après, elle rompit sa relation avec moi, me déclarant s'installer chez sa mère.

Je maintenais une liaison téléphonique avec Florence, essentiellement avec sa fille Justine, qui m'invita à son anniversaire de 25 ans et à fêter la naissance de sa fille. J'ai d'ailleurs suivi avec beaucoup d'intérêt la gestation et la naissance de celle-ci.

En 2017, j'ai regretté leur indifférence lors du décès de ma seconde compagne, qui avait su, pour au moins deux d'entre eux, être une « seconde maman » (ou une belle-mère ?). D'autre part, la distance que les Grands maintenaient avec Yves me décevait : ils l'ignoraient, ou le vilipendaient.

En 2018, je subis un grave revers : à la suite d'une intervention chirurgicale, d'ordinaire réputée bénigne, je développai les complications : infection puerpérale, insuffisance rénale, isolement en soins intensifs. Florence et Hubert vinrent à mon secours, la première tenant ouverte mon habitation, le second me visitant et aménageant mon logis. Je priai Ghislaine de me rendre visite, car je me considérai en danger pendant cette hospitalisation, mais elle n'accéda pas à mon désir (je ne la revis ensuite qu'en 2021, pendant quelques heures, chez moi, et récemment aux obsèques de mon frère ainé).

Depuis cet épisode, mes échanges avec les ainés manquent de vigueur, et surtout de tendresse, et j'en suis extrêmement déçu ; les messages de la cadette contiennent des assertions qui m'alarment et m'inquiètent ; en voici quelques exemples :

Comment as-tu pu divorcer d'une femme aussi extraordinaire ?

Les médecins disent que je suis malade parce que tu m'as privé de ma mère.

ce que tu as fait il y a 52 ans c'est du kidnapping de jeunes enfants, je ne te le pardonnerai jamais. Toute mon enfance je rêvais qu'on vienne me chercher la nuit et qu'on m'emmène loin de toi et de ta folie.

Ne parvenant pas à rétablir le dialogue avec mes grands enfants, je publiai en février 2021 un récit de ma vie, intitulé *« chronique des tribulations d'un médecin engagé »,* dans lequel je tentai de justifier mon rôle de père. Ce témoignage ne fut en fait diffusé qu'à mon entourage : j'y contai ma vie, notamment avec eux, et terminai l'épilogue par ces mots : *« j'ai par ailleurs observé leur malaise devant l'occultation de situations : je suis convaincu que la franchise de l'entourage des enfants est fondamentale, car l'entretien du doute peut être à l'origine de graves malentendus ».* Cependant, mon espoir de dialogue se révéla vain.

J'adressai aux trois grands enfants le message suivant à l'occasion de la nouvelle année 2022 :

« Mes chers enfants.

Bien entendu, bonne année 2022, qu'elle vous soit heureuse et agréable.

Cependant, étant donnée l'évolution de leur qualité depuis quelque temps, je demande la suspension des échanges entre nous. Certaines d'entre vous m'ont adressé des messages désobligeants. D'autre part, l'absence d'amitié et de sympathie, voire l'hostilité de votre part, ne m'encouragent pas à poursuivre.

Je souhaite que vous indiquiez mes coordonnées (postale, téléphonique et internet) à vos enfants, pour que ne soit pas rompu le contact entre eux et moi.

Je vous embrasse.

Papa ».

Je ne reçus qu'une réponse, de Florence :

« Mon cher père,

Bien entendu, je te souhaite une belle et heureuse année 2022, qui s'annonce pacifique, familialement parlant.

Avant d'incriminer tes enfants, il serait peut-être temps que tu te remettes en question sur la nature de tes relations avec nous, ton élevage comme tu l'écris si bien.

Avant de nous accuser, fais la paix avec toi-même. T'as du boulot !!!

Bonne année ».

Curieusement, j'apprécie cette critique : ma fille ainée semble comprendre le dilemme qui se pose à moi : puisqu'ils ne parvenaient pas à choisir entre mon affection pour eux et l'attractivité de leur mère, je réclamai leur discrétion.

Un autre fait m'irrite : leur proximité avec la fille et le fils de mon ex-femme. Lorsqu'ils étaient jeunes, ils devaient taire leur identité, et donc leurs liens familiaux, lors de leurs vacances chez leur mère ; j'ai constaté leur déconvenue, j'aurais compris qu'ils ignorent leurs (demi)-frère et sœur plus tard : au contraire, ils participent désormais à toutes leurs cérémonies (naissances, baptêmes, anniversaires…), alors qu'ils me délaissent. Je ne comprends absolument pas cette attitude.

Mais la « grande famille » s'agrandit, en 2017, par la naissance de Yuna, fille de Zineb, puis en 2021 de Inaya, fille de Justine ; leurs mères entretiennent une relation affectueuse avec nous, et les deux petites me ravissent par leur joie et leur éveil. En revanche, je n'ai plus de nouvelles de Nelly, ni de ses deux enfants, Sacha et Salem ; j'ai su, par ouï-dire, qu'ils vivent maintenant en Bretagne.

Au bilan de mon aventure paternelle : une grande fille et un grand garçon avec lesquels j'entretiens une relation anodine, une grande fille qui me reproche de l'avoir élevée (élevage est un terme honni par mes grands enfants : pourtant, élever des enfants est bien les guider jusqu'à l'âge adulte), un garçon d'une seconde génération, deux filles décédées prématurément. Cinq petites-filles ; deux petits-fils ; quatre arrière-petits-enfants. J'éprouve une grande nostalgie de ma progéniture, qui, par bien des aspects, me comble.

Épilogue

Maintenant octogénaire, je vis seul à Amiens, dans un bel appartement situé en centre-ville.

Je fréquente Catherine, qui habite à quelques centaines de mètres de mon domicile. Nous nous sommes rencontrés sur le *net,* elle a ensuite déménagé pour me rejoindre. Nous passons un moment ensemble quotidiennement, et sortons parfois (conférences, cinéma).

Mon fils Yves habite aussi Amiens ; nous le voyons souvent. J'apprécie son raisonnement, qui me semble prendre en compte les aspérités de la vie. Très affecté par les décès de sa sœur puis de sa mère, il construit son avenir, sans posséder une qualification professionnelle, avec fermeté et courage. Il m'appelle « *Papy* », petit nom utilisé par mes petites-filles.

En guise de conclusion, je souhaite livrer quelques réflexions :

- le divorce est un droit inaliénable, inéluctable, démocratique.

- sa mise en œuvre mérite un accompagnement : actuellement, celui-ci est purement matériel et financier ; mais les aspects psychologique et sociologique de la démarche ne sont guère pris en compte.

- Le silence est d'or, dit-on... Mais de quel silence parle-t-on ? Car il y a des silences qui sont plutôt de plomb : par exemple, la rétention d'information. Selon un proverbe, « un silence peut être parfois le plus cruel des mensonges ».

- Être père solo n'était pas mon choix ; j'ai assumé ce rôle, établi dans une circonstance exceptionnelle, bien que sachant pertinemment que l'éducation d'enfants requiert le concours d'un couple.

Glossaire

1) CHSI : Centre Hospitalisé Spécialisé Interdépartemental (Centre Hospitalier Spécialisé pour malades mentaux)

2) selon Jean Loye (HEConomist, Lausanne, octobre 2020), le courant antipsychiatrique est un courant complexe qui ne prône bien évidemment pas l'arrêt de toute activité psychiatrique et psychothérapeutique, mais qui avertit sur de nombreux aspects problématiques de ces pratiques. En voici ses principaux éléments résumés :

— Relativiser la scientificité de la psychologie et de la psychiatrie. Bien qu'elles fassent tout pour obtenir un véritable statut scientifique, la part de subjectif y est importante et non négligeable.

— Ne pas réduire des individus à leur pathologie mais prendre en compte leur singularité et comprendre l'univers social dans lequel ils évoluent.

— Être conscient que ce qu'on appelle la folie est essentiellement une construction sociale. Il y a certaines cultures par exemple où entendre des voix n'est pas l'expression de la folie mais plutôt une capacité mystique.

— Être conscient des rapports entre savoir et pouvoir, et des aspects éthiques de la construction du savoir psychologique.

— Modérer l'usage de médicaments (qui dans certains cas sont nécessaires pour le bien-être du patient) et privilégier le soin thérapeutique.

— Utiliser les tests d'évaluation et les manuels diagnostics comme des outils d'aide et non comme une fin en soi.

3) CPE : Conseillère Principale d'Éducation

4) ONISEP : Office National d'Information sur l'Emploi et les Préparations

5) Co-psy : Conseiller(e) d'Orientation-Psychologue

Table des chapitres